魔法の庭ものがたり 22

ハーブ魔女《まじょ》とふしぎなかぎ

あんびる やすこ

ポプラ社

もくじ

魔法《まほう》の庭《にわ》ものがたりの世界《せかい》

ハーブ

これは、魔女《まじょ》の遺産《いさん》を相続《そうぞく》した人間《にんげん》の女の子の物語《ものがたり》。
相続したのは、ハーブ魔女トパーズの家《いえ》、「トパーズ荘《そう》」と、
そのハーブガーデン、「魔法の庭」。そして、もうひとつ……。
トパーズがかいた薬草《やくそう》の本、「レシピブック」でした。
こうしてジャレットは、トパーズのあとつぎとして、
「ハーブの薬屋《くすりや》さん」になることになったのです。

パパとママ

ゆうめいな演奏家《えんそうか》。コンサートを
しながら世界中を旅《たび》している。
ジャレットのじまんの両親《りょうしん》。

トパーズ

ジャレットのとおい親せき。
心やさしいハーブ魔女で、
薬づくりの天才《てんさい》。自分の
あとつぎにふさわしい相続人
しか遺産をうけとれない
「相続魔法」を、家と庭とレシピ
ブックにかけてなくなった。

アン

女の子。
ちょっぴりなまいき。
オシャレさん。

ガーディ

「魔法の庭」の中央《ちゅうおう》にたつ
カエデの木の精霊《せいれい》。
「魔法の庭」のまもり神《がみ》で、相続人がきまるまで
人間のすがたになり、トパーズ荘をまもってきた。
いまは木の中にもどり、ジャレットを
あたたかく応援《おうえん》している。

ニップ

男の子。
勇気いっぱい。
しっぱいもいっぱい。

チコ

男の子。頭《あたま》が
よくて、しっかりもの。

レシピブック

ハーブ魔女《まじょ》トパーズがかきのこした本。370 種類《しゅるい》のハーブ薬《やく》のつくり方《かた》がかいてある。ふしぎな魔法《まほう》がかかっていて、よむことができるのは、ジャレットただひとりだけ。しかも、魔女ではないジャレットには、よみたいと思ったページだけしか見えない。表紙《ひょうし》にはうつくしいピンクトパーズの宝石《ほうせき》がはめこまれている。

ジャレット

ハーブ魔女トパーズの遺産《いさん》を相続《そうぞく》した女の子。
演奏旅行《えんそうりょこう》でいそがしい両親《りょうしん》とはなれ、
トパーズ荘《そう》でひとりでくらしている。
夢《ゆめ》はトパーズとおなじくらいりっぱなハーブの薬屋《くすりや》さんになること。

スー

ジャレットのともだち。
「ビーハイブ・ホテル」のむすめ。

エイプリル

ジャレットのともだち。
ピアノがうまい。

ベル 女の子。
心やさしい、しんぱいや。

子ねこの足あと

ミール 男の子。
マイペースなのんびりやさん。

ラム 男の子。
優等生《ゆうとうせい》で、あまえんぼ。

1

ふしぎなかぎ

バラの花がひらきはじめると、いろいろな家の庭《にわ》からいいかおりがただよって、村はうきうきとしてきます。ジャレットの魔法《まほう》の庭も、一年で一番はなやかな季節《きせつ》をむかえていました。

けれど、この季節の庭仕事《しごと》はかんたんではありません。油断《ゆだん》していると、雑草《ざっそう》がにょきにょきとのびてしまうからです。そのうえ、朝と夕方には、庭にたっぷりお水をあげなくてはなりません。今朝《けさ》もジャレットはお日さまがでる前におきて、いまやっと庭仕事《にわしごと》をおえたところです。よく手入れされた庭は、かがやくばかり。ハチがうなるブンブンという音が聞こえていました。

「魔法《まほう》の庭は、なんてうつくしいんでしょう」

ジャレットは、しあわせそうに庭を見わたしました。けれど、村の人がここを「魔法の庭」とよぶのは、うつくしいからでも、魔法のハーブが植《う》えてあるからでもありません。それは、どんなお客《きゃく》さまがきても、この庭のハーブや、そこからつくったチンキやオイルで注文《ちゅうもん》通りのお薬《くすり》をつくることができたからです。

「この庭が、みんなにとって『魔法の庭』であるためには、どのハーブも元気いっぱいでなくちゃ。庭の手入れは、とても大切な仕事だわ」

そういって、庭仕事《にわしごと》をおえたジャレットは、トパーズ荘《そう》に入りました。

と、そのとき。すごいいきおいで屋根裏《やねうら》からかけおりてくる子ねこの足音がきこえてきます。その音はちょうど六ぴき分ひびきわたって、ジャレットのいるキッチンに入ると、ようやくなりやみました。

「ジャレット、屋根裏でアンがすてきなものを見つけたのよ！」

「あらまあ、また屋根裏にいったのね？」

かわいい毛皮《けがわ》にほこりをつけている子ねこたちを見て、ジャレットはすこしあきれて笑《わら》いました。この家の地下室や倉庫《そうこ》、屋根裏には、トパーズののこした荷物《にもつ》がたくさんしまってあります。子ねこたちは、そんな荷物がつみあげてある場所《ばしょ》のおくまでスルスルと入っていって、ときどきおもしろいものを見つけてくるのです。

「今度《こんど》は何を見つけたの？　子ねこたち」

すると、アンが得意《とくい》そうに、くわえていたものをポトンとゆかにおきました。

「これよ。ねえ、ジャレット。これで、わたしの首輪《くびわ》をつくってちょうだい！　いいでしょ？」

見ると、それは小さな金物《かなもの》で、とても古いものでした。ほこりだらけで、色のあせたタッセルがついています。ジャレットが手でほこりをぬぐってみると、その金物の形がはっきりとすがたをあらわしました。

「まあ、これはかぎね。何のかぎかしら？　とても古いかぎだわ」

子ねこたちも、それを見てうなずきあいます。

「小さなかぎだなあ」

「それにきれいだし。宝石箱《ほうせきばこ》のかぎかもしれないわ！」

「うん、何かそういう小さなもののかぎだよね、きっと」

「でも、このかぎの近くには、そんな箱《はこ》なかったよね」

「うん、大きな箱ばっかりだった。それに、かぎのかかってる箱もなかったよね」

ジャレットはそれをきいて、落《お》ちつかない気もちになってきました。いったい何のかぎなのでしょう。

それを知ろうと、かぎのほこりを布《ぬの》できれいにふいてみました。すると、かぎにほりこまれたレリーフが、はっきりと見えるようになったのです。うつくしいレリーフの一部分《ぶぶん》は、文字になっていました。

「なんてかいてあるの？　ジャレット」

「まん中にT《ティー》ってかいてあるわ、子ねこたち。それから、上のほうにかいてあるのは『シークレット・ポーションCo.《コー》』」

「Co. って何？　ジャレット」

「カンパニーを短《みじか》くかいたことばよ、子ねこたち。つまりシークレット・ポーションは会社の名前ってことね。これはその会社がつくったかぎなのよ。どうしてトパーズ荘《そう》の屋根裏《やねうら》にあったのかしら？」

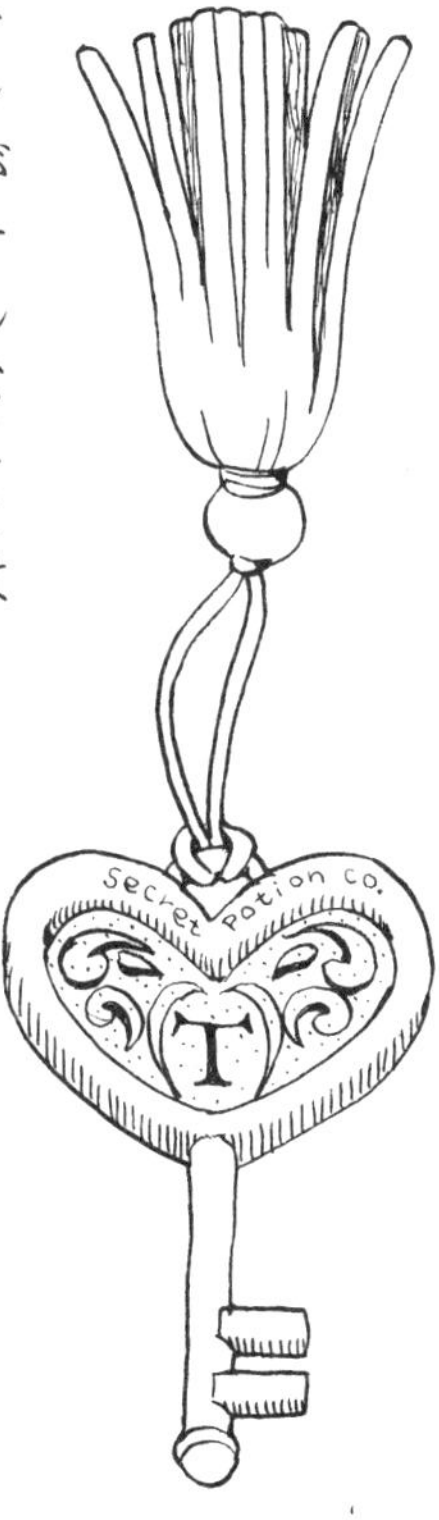

するとアンがそんなことは
おかまいなしに、ジャレットにおでこをグイグイとおしつけました。
「それを見つけたのはわたしよ、ジャレット。だから、何のかぎかわかるまで、わたしが首輪《くびわ》にしていてもいいでしょ？　首輪にしたら、とてもすてきだと思うの」
おしゃまなアンらしいアイデアです。ジャレットはにっこりと笑《わら》ってうなずきました。そしてキッチンの引きだしから、リボンの入った箱《はこ》をとりだします。この箱には、プレゼントをもらったときにはずしたリボンが、たくさん入っているのです。その中から、ジャレットはアンににあいそうな空色の細いリボンを選《えら》びました。

そして、古びたタッセルのかわりに、そのリボンをかぎに通して、アンの首にまいてあげます。

「わあ、すてき！　よくにあうわ、アン」

ベルがうっとりとほめました。

「おいらも首輪《くびわ》になりそうな何かを見つけにいこう！」

ニップのことばに、アンいがいの子ねこたちは、いっせいにひげをピンとあげました。

「わたしもいくわ！」

「ぼくも！」

そういって、子ねこたちはまた屋根裏《やねうら》や地下室の探検《たんけん》にでかけていったのです。子ねこたちがいってしまったあとも、ジャレットは、かぎにきざまれた文字のことをかんがえていました。

「シークレット・ポーション社って、何の会社なのかしら？」

しばらく首をひねってから、またこうつぶやきます。

「T《ティー》って、何のことかしら？」

そう思ったとき、子ねこたちがまた一階《かい》にもどってきました。そして、今度《こんど》は玄関《げんかん》のホールにかけていきます。お客《きゃく》さまがやってくる気配《けはい》がしたからです。

ジャレットがとびらをあけると、そこにはスーとエイプリルが立っていました。

2

ランチ会へのおさそい

スーは、この村にある「ビーハイブ・ホテル」のむすめです。ホテルには、村のうわさ話がたくさんあつまってきました。ですからスーの耳には、だれよりもはやく村のニュースが入ってくるのです。

スーは、きょうもおもしろいニュースを、ジャレットとエイプリルにきかせてくれました。

それは、都会《とかい》からやってくるすてきなお客《きゃく》さまの話。この村に、有名《ゆうめい》な作家のマロリーさんがやってくるというのです。

「マロリーさんって、『食いしんぼ』で有名《ゆうめい》な作家よね？」

エイプリルがそういうと、ジャレットもうなずきました。

「世界中《せかいじゅう》のおいしいレストランにいって、そのことを本にかく作家よ。マロリーさんの本は、いつも人気があるわよね」

マロリーさんが本においしいとかけば、そのレストランは大はんじょう。でも、けなされて店をしめたレストランもありました。

「そう！　そのマロリーさんよ。そのマロリーさんが、うちのホテルのレストランのディナーを予約《よやく》したの！　くるのは三日後よ」

そういってスーは、胸《むね》をはります。ジャレットとエイプリルは、わあっと声をあげました。

「マロリーさんが食べにくるなんて、すごいわ！」

「くるのがおそいくらいよ。『ビーハイブ・レストラン』は、すごくおいしいんですもの」

　スーのホテルのレストラン「ビーハイブ・レストラン」のシェフは、クロエというわかい女性《じょせい》です。クロエのつくる料理《りょうり》は、この村のやさしさがギュッとつまったようなメニュー。

気どりがなくて、いつでも食べたいと思えるすてきなお料理《りょうり》でした。
ジャレットは目をかがやかせています。

「クロエがつくる料理は、わたしのパパとママもお気に入りよ。もちろん、わたしも。きっとマロリーさんも気に入るわ」
すると、エイプリルもうっとりとうなずきました。
「クロエはどんなお料理をだすのかしら？　いつもおいしいけれど、今回は、もっともっとおいしいものを用意《ようい》しているんでしょうね」
それをきいて、スーはにっこりと笑《わら》います。

「そりゃあ、クロエははりきってるわ。一週間前に予《よ》約《やく》が入ってから、あれこれつくって、とくべつなあたらしいメニューをかんがえたみたい」

そして、こうつづけました。

「そのメニューを、クロエがあしたのお昼につくってみるんですって。それを、みんなで試《し》食《しょく》するのよ。『おためしランチ会』ね。ふたりもきてちょうだい。ジャレットは世界中《せかいじゅう》のホテ

ルで食事《しょくじ》をしたことがあるし、エイプリルもロンドンに住《す》んでいたから、すてきなレストランの味《あじ》は知っているでしょ？　ママがふたりにも食べて感想《かんそう》をきかせてほしいって」

そのおさそいに、ジャレットとエイプリルは思わずとびあがりそうになりました。

「もちろん、いくわ！　スー」

「とても楽しみよ！」

3

ロークのむずかしい注文《ちゅうもん》

その日。

なかなかしずまないお日さまがようやく空をそめはじめるころのことでした。

夕やみにまぎれて、森からトパーズ荘《そう》へやってきたお客《きゃく》さまがいます。

キツネのロークです。

ロークはトパーズ荘のドアをそっとノックしました。

けれど、トパーズ荘にむかえいれられると、ジャレットの前で、もじもじとして、しっぽをかかえこんでしまいます。

「ジャレットさん、じつはぼく、なやみごとがあるんです」

やっとのことでそういったロークに、ジャレットはやさしくほほえみました。

「そうでしょうとも、ローク。ここにやってくる動物《どうぶつ》たちは、たいていそうですからね」

そして、こうつづけます。

「話をきかせてくださいな。きっとよくきくお薬《くすり》を用意《ようい》しますから」

するとロークは、話をはじめました。

「あと四日すると、夏至《げし》のお祭《まつ》りの日がやってきます、ジャレット

さん。ぼくはそのお祭《まつ》りにいっしょにいってくれるキツネの女の子を、ずっとさがしているんです」

そういって、ため息《いき》をつきました。

森の夏至《げし》祭りは、キツネにとってとくべつな意味《いみ》があります。夏至のお祭りにさそうのは、プロポーズするのとおなじだからです。

そうきくと、ジャレットははっきりと、こうたずねました。

「あなたは、およめさんをさがしているのね？　ローク」

するとロークは、ほっぺを赤くしてうなずきます。

「その通りです、ジャレットさん。ぼくにとっての『運命《うんめい》の女の子』が、きっとどこかにいるはずなんです。でも、どうやったら、その運命のキツネの女の子に会えるんでしょう？」

そして元気のない声で、こうつづけました。

「ぼくは運命の女の子をさがして、毎日いろいろな森を歩きまわってみました。ずいぶん遠くの森までいってみたけれど、まだ会えません。夏至《げし》祭《まつ》りまであと四日だっていうのに、ぼくはもう、すっかりつかれてしまいました」

そして、ジャレットを見あげて、こういったのです。

「運命《うんめい》の女の子に、いますぐ出会える薬《くすり》をつくってください」

その注文《ちゅうもん》をきいて、ジャレットは困《こま》ってしまいました。

そんな魔法《まほう》のような薬はつくれないからです。けれど、ジャレットの足もとで、子ねこたちが口ぐちにいいました。

「きのどくだなあ、ローク」

「力になってあげてよ、
ジャレット」
「恋《こい》のなやみの注文《ちゅうもん》を
ことわっちゃいけないわ、ジャレット」
そんな子ねこたちとロークが、じっとジャレットを
見あげていました。
「お願《ねが》いです、ジャレットさん」

そしてとうとう、ジャレットはこの注文を引きうけてしまうのです。
帰っていくローク

のためにトパーズ荘《そう》のドアをあけると、あたりはもう、むらさき色の夜がはじまっていました。

と、そのとき。一瞬《いっしゅん》、魔法《まほう》の庭《にわ》のラベンダーのしげみの上に、べつのキツネの耳が見えたような気がしたのです。

「もう一ぴき、お客《きゃく》さまがきたのかしら？」

でも、そうではありませんでした。

そのキツネの耳は、ロークが森に帰るのを見とどけるように、すっとしげみにかくれてしまったからです。

ジャレットはふしぎに思いますが、ロークの注文《ちゅうもん》のことをかんがえると、ほかのことを気にする時間はありません。

「注文は受《う》けたけれど、そんな薬《くすり》がつくれるかしら？」

ジャレットはため息《いき》をつきながら、トパーズのレシピブックを手にとりました。

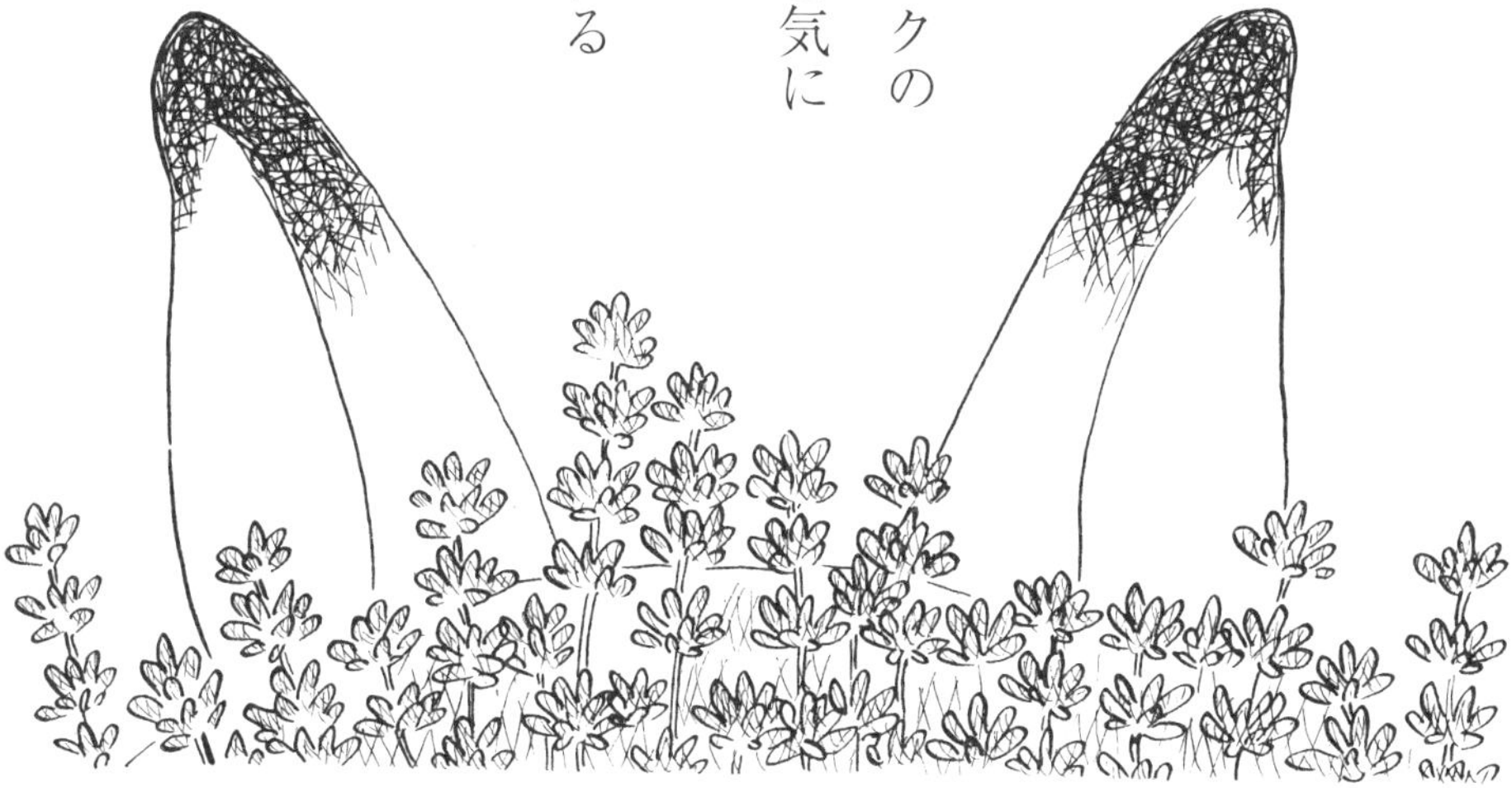

「なんてたずねたらいいのかさえ、思いつかないわ」
するとアンが手をきれいになめながら、
あっさりと、こういいます。
「『運命《うんめい》の人に出会える薬《くすり》』って、
たずねたら？　ジャレット」
すると、ラムも

うなずきました。
「そうだよ、
ジャレット。ロークと
おなじ薬《くすり》をほしがっている動物《どうぶつ》や
人間は、たくさんいるじゃない。
だから、薬だって、きっとあるよ」
すると、頭のいいチコまで、こういい
だします。
「そうだよね。それにロークのなやみは、うんとむかし
からあったなやみだから、もしかしたら、ほんとうに薬の
レシピがあるかもしれないな」
そういわれて、ジャレットもそうかもしれないと思いました。

そして、こんなふうにたずねてみたのです。

「運命《うんめい》の人に出会える薬《くすり》をつくりたいの」

すると、つぎの瞬間《しゅんかん》。レシピブックにはめこまれたハート型《がた》のピンクトパーズが、うつくしくかがやきました。

「まあ、ほんとうにレシピがあったわ、子ねこたち」

「どんな薬なの？　ジャレット」

ジャレットも、それがはやく知りたいと思いました。そして、あたらしく読めるようになったレシピをさがして、ページをめくっていったのです。

4

運《うん》命《めい》の人に出会える薬《くすり》

ページをめくるジャレットの手が、あたらしいページでとまりました。そのとたん、子ねこたちは口ぐちにこういいます。

「はやくレシピを読んでよ、ジャレット」

「魔《ま》法《ほう》の薬《くすり》なの？　ジャレット」

するとジャレットは、ちょっとがっかりした声をだしました。

「これは、ふつうのアロマスプレーのレシピだわ」

アロマスプレーは、精油《せいゆ》をうす

めてつくるかおりのスプレーです。ふつうは、無《む》水《すい》エタノールというアルコールと、まじりけのない精《せい》製《せい》水《すい》をつかってつくります。

「このレシピにかいてあるのは、ふつうのアロマスプレーのつくり方と、まったくおなじよ」

そういって、ジャレットは首をかしげました。「運命《うんめい》の人」を見つけられる魔法《まほう》のアロマスプレーなのに、どうして、こんなありきたりなレシピなのでしょ

う。
「よかったじゃない、ジャレット。かんたんにつくれそうだよ」
子ねこたちはそういいましたが、ジャレットは念《ねん》のため、もう一度《いちど》レシピをよく読んでみました。
すると、材料《ざいりょう》のところに目がとまります。そこには、よく知っている精油《せいゆ》の名前にまじって、ふしぎな材料の名前がかいてあったからです。

「『マンティコアのひげのチンキ』って、何かしら？」

チンキというのは、ハーブをアルコールにつけてつくるお薬《くすり》です。二週間以上《いじょう》つけこんで、ハーブのききめの成分《せいぶん》をすっかりアルコールにうつしたあと、ざるでこしてしあげます。ハーブによっては、ハーブティーやハーブオイルより強いききめがありました。

そして、マンティコアとは、魔法《まほう》の世界《せかい》に住《す》むおそろしいねこのような怪物《かいぶつ》のこと。もし名前通りなら、その怪物のひげをアルコールにひたしてつくったチンキ剤《ざい》ということになります。

「呪文《じゅもん》をとなえる必要《ひつよう》はないみたいだけど、やっぱり魔法の薬のレシピだったんだわ」

ジャレットは、ふくらんだ期待《きたい》がいっきにしぼむのを感《かん》じました。

けれど、はっとレシピから顔をあげると、いちもくさんに薬のたなにとんでいきました。そして、たなにならぶ精油《せいゆ》やチンキ、ハーブをかわかしてつくった粉《こな》の入ったびんのラベルを、夢中《むちゅう》で読みはじめたのです。

「何をしているの？　ジャレット」

「『マンティコアのひげのチンキ』をさがしているのよ、子ねこたち。この家の薬《くすり》だなには、ふしぎな材料《ざいりょう》もあるでしょ？　トパーズがのこしていった材料よ。わたしは一度《いちど》もつかったことはないけれど」

そういいながら、たなのびんを見つめるジャレットの目に、ふしぎな名前のラベルが、ときどきとびこんできました。

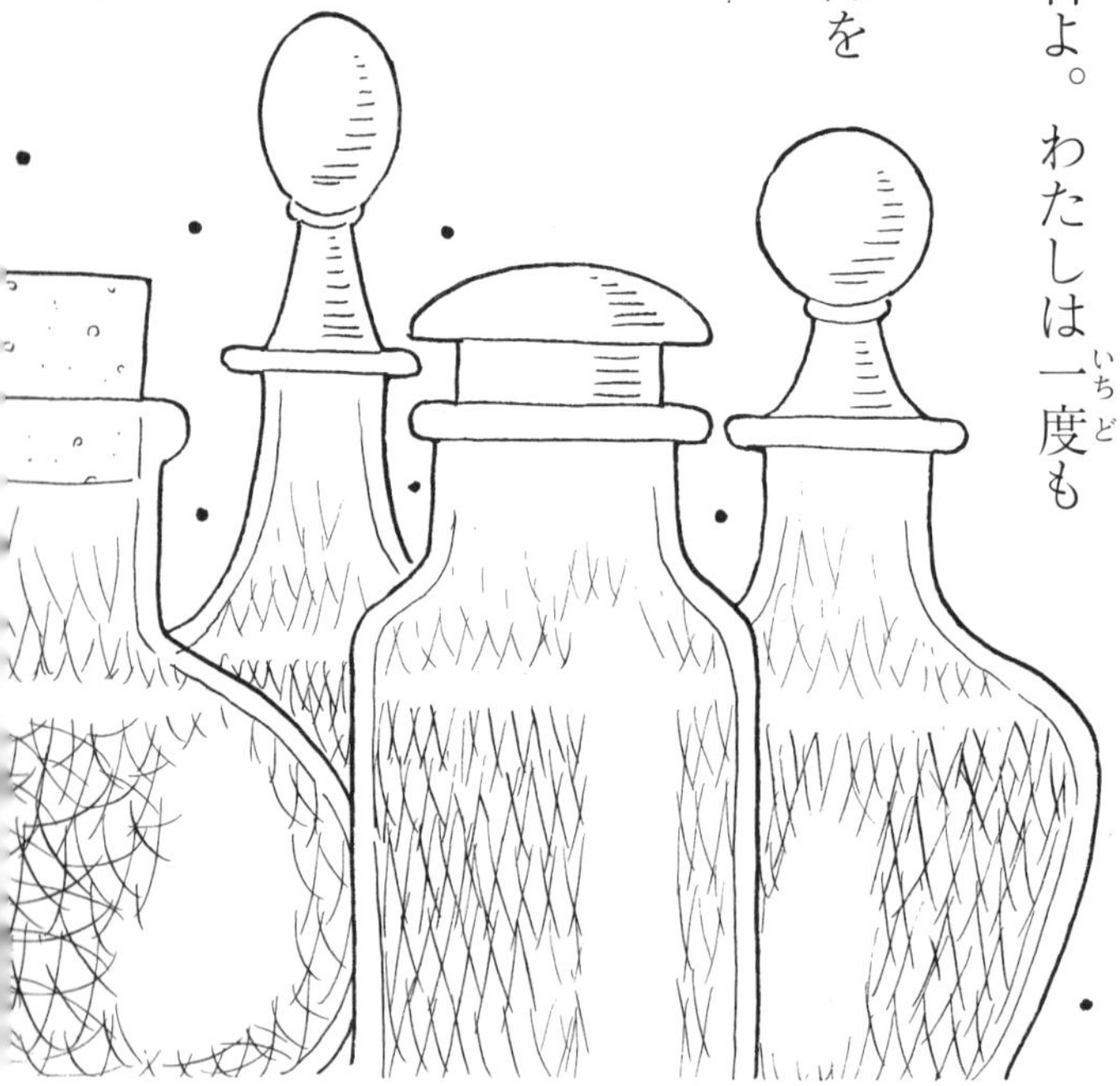

「人魚のなみだでつくった塩《しお》」とか、「龍《りゅう》のウロコの粉末《ふんまつ》」とかです。そのたびに「マンティコアのひげのチンキ」もあるかもしれない、とジャレットの胸《むね》はおどりました。

魔法《まほう》の材料《ざいりょう》をつかうレシピには、いつもさいごに「呪文《じゅもん》をとなえる」と、かいてあります。ですから、魔女《まじょ》でなけれ

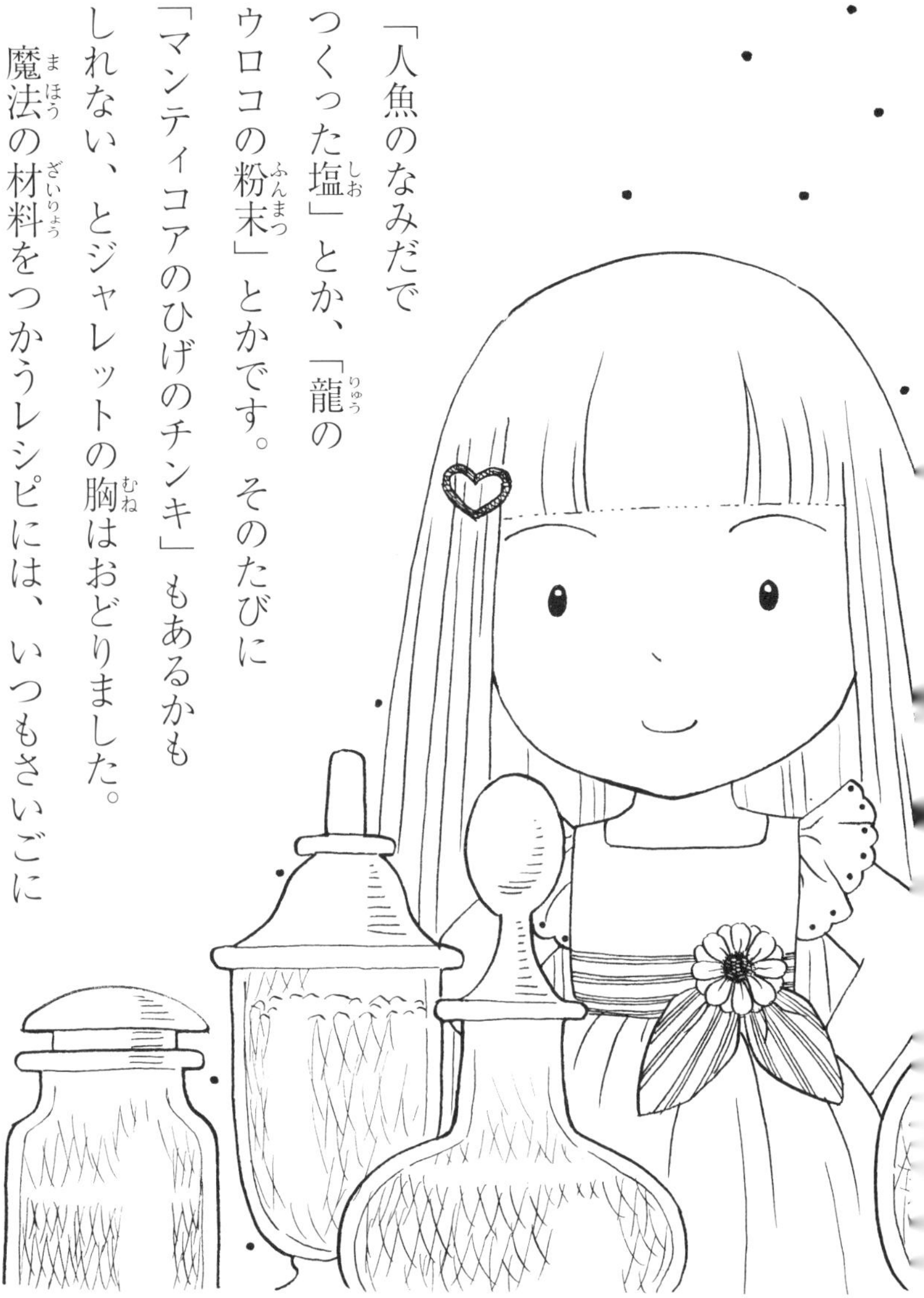

ばつくることができません。ところが、このレシピは、呪文《じゅもん》をとなえなくても薬《くすり》ができあがるのです。

「材料《ざいりょう》さえそろえば、魔女《まじょ》でなくてもつくることができるのよ、子ねこたち」

もしそうなれば、ジャレットははじめて「魔法《まほう》の薬」をつくることになります。

こうして、ジャレットはたなにならんだ薬やオイルのラベルをすみからすみまで見直しました。文字が読めるチコも、高いたなにのぼって、そこにならぶびんのラベルを読みあげます。けれど、「マンティコアのひげのチンキ」はどこにもありませんでした。

すると、ミールがこんなことをいいだします。

「マンティコアは、ねこみたいな怪物《かいぶつ》なんでしょ？　ジャレット。

それなら、ぼくたちのひげでチンキをつくったら？」

たしかに、ねこのひげは幸運《こううん》のおまもりです。きっとマンティコアのひげは、もっと強力な運《うん》を引きよせるのでしょう。でも、チンキ剤《ざい》をつくるのには時間がかかるし、子ねこのひげでつくったチンキ剤では、ききめはないかもしれません。

がっかりするジャレットに、今度《こんど》はラムがやさしくいいました。

「たりない材料《ざいりょう》がたったひとつなら、少しききめが弱くなるだけかもしれないよ、ジャレット。つくってみたら？」

のこりの五ひきの子ねこたちもさんせいです。

ジャレットはなやみましたが、「マンティコアのひげのチンキ」ぬきのアロマスプレーをつくることにしました。

けれど、できあがったスプレーをひとふきしたとき、心の中でこ

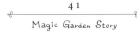

う思ったのです。

(もともと、むりな注文《ちゅうもん》だったんですもの。ききめがなくてもしかたがないわ)

そうして翌朝《よくあさ》。

ロークが薬《くすり》をとりにきました。

「どうもありがとう、ジャレットさん」

ロークのまじめな顔を見ると、ジャレットの心はチクリと痛《いた》みました。

（わたしはせいいっぱい、仕事《しごと》をしたといえるかしら？　きかないかもしれない薬《くすり》をわたすなんて……）

そう思いながら、小さくなっていくロークのうしろすがたをいつまでも見おくりました。すると、ロークのあとを、もう一ぴきのキツネが追《お》っていくのが見えたのです。そのキツネは、ロークに見つからないように、しげみにかくれながら、じっとロークを見ていました。そのようすは、とても心配《しんぱい》しているように見えます。

「きのう、耳だけ見えていたキツネさんかしら？」

そう思ったときには、そのキツネのすがたは、もう魔法《まほう》の庭《にわ》にはありませんでした。

5

マンティコアのひげのチンキ

ロークを見おくったジャレットは、トパーズ荘《そう》のキッチンに入りました。キッチンのおくにある薬《くすり》だなとテーブルが、とてもちらかっていたからです。薬のラベルをたしかめるためにたなからおろしたびんが、たくさんそのままになっていました。

ジャレットは、てきぱきと薬びんをたなにもどしていきます。そして、あちこち向《む》いていたラベルをきちんとそろえると、とてもスッキリしてきました。

「このびんでさいごだわ。どこにしまおうかしら？」

ところが、たなはどこももう薬《くすり》びんでいっぱいです。と、高いたなに、あいているところを見つけました。ジャレットはつま先立ちになって、そこへびんをおしこもうとします。

ところが、びんをおくことができません。そこには、もう何かがおいてあって、びんがおくまで入らないのです。

「たなのおくを、おいらが見てきてあげるよ、ジャレット」

そういって、たなにのぼったニップは、ふしぎそうに首をかしげました。

「うすい箱《はこ》みたいなのがおいてあるよ、ジャレット」

ジャレットはいすを引きよせて、その上にのりました。そうしてたなを見ると、ニップのいっていた通り、小さなとびらつきの箱がおいてあるのを見つけたのです。おくゆきのあさい箱なので、その

手前にものをおいてしまうと、箱《はこ》があることさえわかりません。

「へんねえ、こんなふうにおいてあるなんて。これじゃあ、箱のとびらもあけられないし、つかえなかったはずよ」

ジャレットはそういって、手前にならべてあった薬《くすり》びんをよけました。それから、その小さな箱をもちあげます。

「まるでからっぽみたいに軽《かる》いわ。それにほこりだらけ……」

箱をテーブルへおろしてみると、そのとびらには南京錠《なんきんじょう》がかけられていました。南京錠はとても古びていましたが、かわいいハート型《がた》をしていきます。南京錠《なんきんじょう》のほこりを指《ゆび》でぬぐったとき、そこにあらわれたもようを見て、ジャレットははっとしました。

「この南京錠、アンが見つけたかぎとよくにているわ」

のぞきこんでいた子ねこたちも、顔を見あわせます。

「わたしの首輪《くびわ》のかぎと、形ももようもそっくり！」

そういったのは、もちろんアンです。

「この箱《はこ》のかぎかもしれないよ、ジャレット」

「アンのかぎであけてみようよ、ジャレット」

ジャレットはうなずくと、アンの首からそっとかぎをはずしました。そして、しんちょうに南京錠にさしこみます。かぎを少しひねると、カチッという気もちのいい手ごたえがありました。と同時に、南京錠のかけがねがスウッともちあがります。

こうしてかぎをはずして、いよいよ小さなとびらをあけてみました。

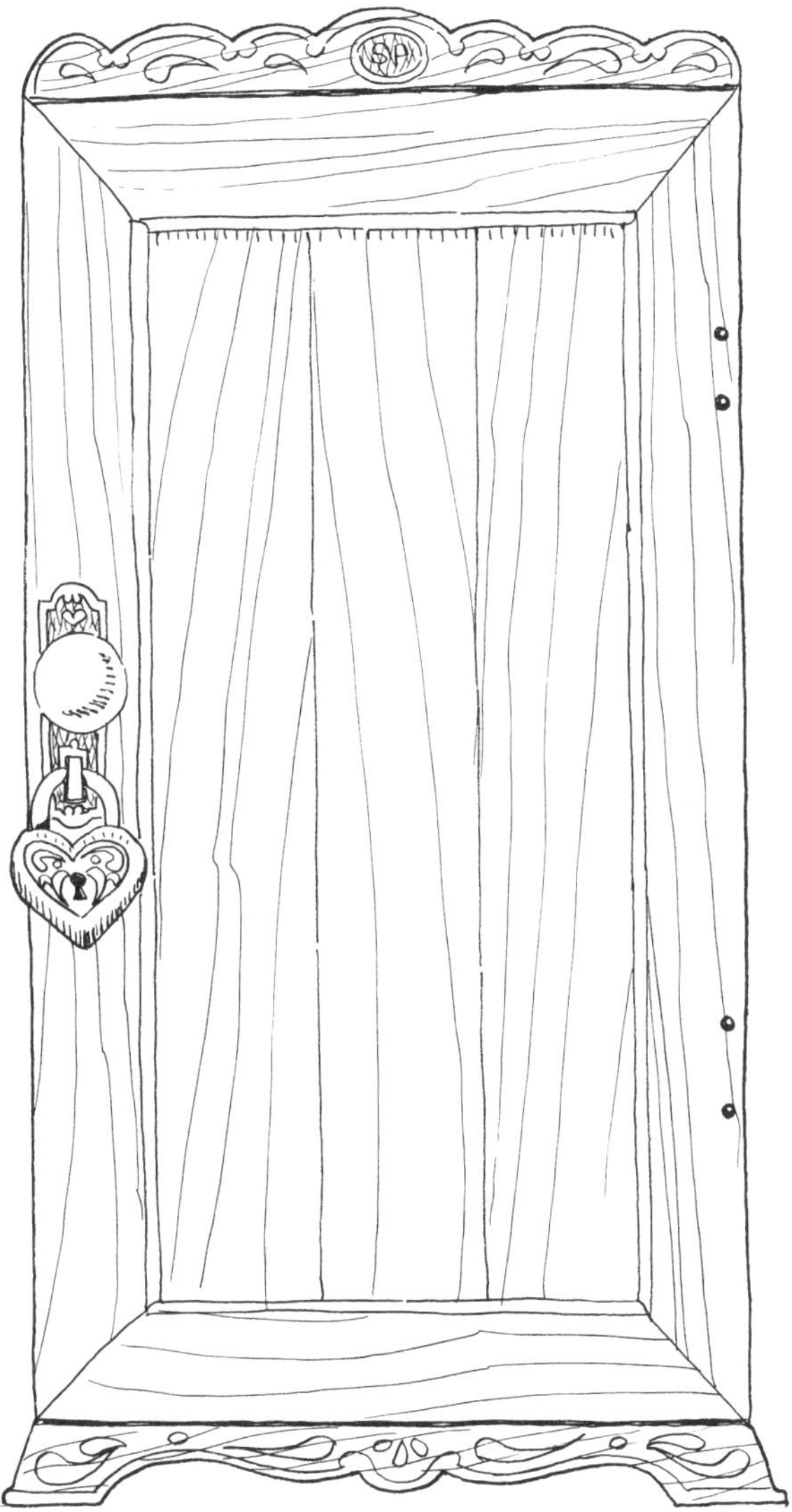

そして、ジャレットと子ねこたちがのぞきこんだ先には、小さな薬《くすり》びんが四つ、すがたをあらわしたのです。箱《はこ》の中は二段《だん》になっていて、上下に二本ずつ小さな薬びんがならんでいました。

「びんにふだがさがっているわ。ふだには、なんてかいてあるの？　ジャレット」

ベルにいわれて、ふだを読んだジャレットは首をかしげました。

「おかしなことばかりかいてあるわ。上の段の二本は『青こはくの粉末《ふんまつ》』と『シダの花のオイル』。下の段の二本は『妖精《ようせい》の羽の粉《こな》』と……」

さいごの一本のふだを見て、ジャレットは目を見ひらきます。

「これは、『マンティコアのひげのチンキ』だわ」

この箱は、とくべつな魔法《まほう》の薬の材料《ざいりょう》が入った薬箱だったのです。

すると、チコが目をかがやかせてこういいました。

「ジャレット、レシピブックに『マンティコアのひげのチンキ』のことをきいてみようよ」

レシピブックにたずねると、またすぐにハート型《がた》の宝石《ほうせき》がかがやきます。ジャレットはまちきれない気もちであたらしいページをひらきました。

「マンティコアのひげのチンキ剤《ざい》は、『幸運《こううん》が必要《ひつよう》な薬《くすり》』をつくるときにつかう材料《ざいりょう》なんですって」

なんてすてきな材料かしら、とジャレットは

思いました。レシピを読みすすむと、こんなこともかいてあります。
「このチンキはニセモノがたくさんでまわっていて、それをつかうと毒《どく》になる場合があるので注意《ちゅうい》ってかいてあるわ。くれぐれもシークレット・ポーションの社以外《いがい》の品物《しなもの》はつかわないこと……ですって」
それをきいて、ベルが、あっと声をあげました。
「シークレット・ポーション社って、薬《くすり》の材料屋《ざいりょうや》さんだったのね」

ジャレットもうなずきます。

「トパーズが魔法薬《まほうやく》の材料《ざいりょう》を買っていた会社のひとつだったんだわ」

すると、ジャレットをのりこえて箱《はこ》をのぞきこんだアンが、がっかりした声をあげました。

「でも、どのびんもからっぽよ！」

たしかにどのびんにも、一てきも薬《くすり》はのこっていません。それを見て、ラムは首をかしげます。

「からっぽの薬びんが入ったケースに、どうしてトパーズはかぎをかけたんだろう」

ジャレットもふしぎに思いました。それに、トパーズはなぜそのかぎを、とりにいきづらい屋根裏《やねうら》にわざわざおいたのでしょう。

と、そのとき。魔法《まほう》の庭《にわ》からエイプリルの声がきこえてきました。

「ジャレット！　クロエのおためしランチ会がもうすぐはじまるわよ。いっしょにいきましょう」

それをきくと、いままでかんがえこんでいたことが一瞬《いっしゅん》で頭の中から消《き》えました。そして、わくわくする気分に、とってかわったのです。クロエのお料理《りょうり》には、みんなをそんな気もちにさせてくれる力があるのでした。

6

クロエのおためしランチ会

　ビーハイブ・ホテルにつくと、ジャレットとエイプリルはすぐにレストランへ案内《あんない》されました。そこにはスーや、スーのママ、そして、村の食いしんぼうの人たちがあつまっています。

　そこへ登場《とうじょう》したクロエは、とてもほこらしそうでした。

「おためしランチ会へようこそ、みなさん。二日後にマロリーさんに食べていただくお料理《りょうり》とおなじ料理をつくりました。どうぞみなさんの感想《かんそう》をきかせてくださいね」

そして、さっそくひとつめのお料理《りょうり》をはこぶようにいったのです。

ジャレットは、エイプリルをひじでつつきました。

「ねえ、エイプリル。一品《ぴん》めはきっと、季節《きせつ》のハーブのきいたパテ・ド・カンパーニュよね」

するど、エイプリルもうなずきます。

「そうそう。いつもそうだもの。わたしもクロエのパテ・ド・カンパーニュは大すき！」

パテ・ド・カンパーニュは、ハーブとスパイスでひと晩《ばん》つけこんだ肉をひき肉にして型《かた》に入れ、オーブンで焼《や》いてつくります。それを一センチほどにスライスしていただくのです。クロエがつくるパテ・ド・カンパーニュをきらいだという人は見たことがありません。

ところが、テーブルにはこばれたのは、そんなスライスされたパテではありませんでした。そのかわりに、ピカピカのカクテルグラスにもりつけられた見なれない一品《いっぴん》が、ふたりの目の前におかれたのです。

と、クロエが胸《むね》をはって、説明《せつめい》をしました。

「きょうの一品めは、ノルウェーでとれた最高《さいこう》のキャビアと、日本でとれた最高のウニ。それに、魚からつくったベトナムのおしょうゆのゼリーをそえました。どうぞめしあがれ！」

テーブルにならんだ人たちは、すっかり感心《かんしん》して、最高《さいこう》のキャビアとウニの料理《りょうり》を口にはこびます。それは食べたことがない味《あじ》で、正直なところ、おいしいのかどうかよくわかりませんでした。それでも、最高の材料《ざいりょう》ばかりつかっているときくと、そんな気もちも消《き》えさります。

そのあとも、つぎつぎにはじめて見る料理がはこばれてきました。どの料理の材料も「最高」のものばかり。しかも、村の人たちがいったこともないような場所《ばしょ》でとれた材料ばかりでした。クロエはマロリーさんのメニューのために、世界中《せかいじゅう》からそういう食材《しょくざい》をとりよせたのです。「ビーハイブ・レストラン」のキッチンのカウンターの上には、いまや世界中の「最高」の材料がずらりとならんでいました。

いっぽう、テーブルで食事《しょくじ》をしているジャレットたちのようすはというと、どんよりとしてさえません。スーのママでさえ、お料理《りょうり》の味《あじ》を「おいしい」とほめることはありませんでした。みんなが感心《かんしん》するのは、お料理につかった「最高《さいこう》」の材料《ざいりょう》の説明《せつめい》をきくときだけです。

はじめはお皿《さら》をきれいにしていたみんなも、品《しな》をおうごとにお料理をのこすようになりました。そうして、さいごのお肉のお料理がほとんど

手つかずでさげられると、ついに、
こういいだしたのです。

「わたしは、デザートにはメレンゲにいちごをのせたパブロワと、アイスボックスクッキーをいただくよ。いつものヤツだ」

ジャレットもエイプリルも「わたしも」といいました。ところが、クロエは目をまるくして、こういったのです。

「あら、いやだ。そんないなかっぽいデザートはだしませんよ。デザートは、ベルギーからとりよせたチョコレートでつくったスフレです」

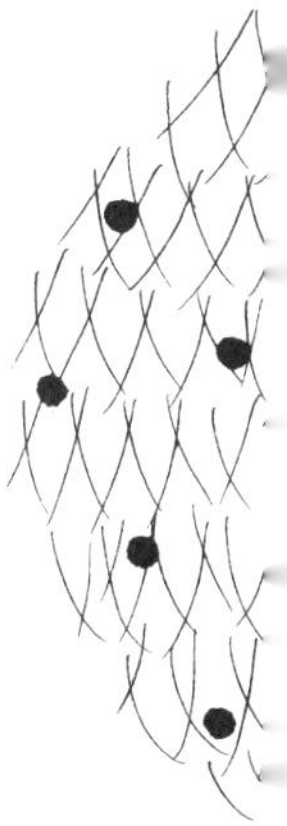

はこばれてきたチョコレートのスフレは、ほしたいちごをくだいてつくったまっ赤《か》な粉《こな》と、金粉《きんぷん》でかざってありました。

「とてもきれいだけど……、わたしはクロエが焼《や》くいつものメレンゲのほうがすきだわ」

小さな声で、エイプリルがそういいます。

「いかがでしたか？ みなさん。わたしがいつも大切《たいせつ》にしている三つのこと。『味《あじ》』『かおり』『見ため』すべてがつまったお料理《りょうり》だったでしょ？」

クロエはそう胸《むね》をはりましたが、だれもうなずく人はいませんでした。

そしてスーのママは、すまなそうな顔でこういったのです。

「残念《ざんねん》だけど、クロエ。メニューをもう一度《いちど》かんがえなおしてみたらどうかしら？　もう、少ししか時間はないけれど……」

それをきくと、クロエの心は、まるでふうせんに針《はり》をさしたように、大きな音をたててしぼみました。

「そんな……。自信《じしん》があったのに」

そして、とまどいながら、こうつづけます。

「だって、世界中《せかいじゅう》からとりよせた『最高《さいこう》』の食材《しょくざい》だけでつくったお料理《りょうり》なのよ」

がっくりと肩《かた》を落《お》とすクロエをのこして、みんなはレストランをあとにしました。

どのお皿《さら》にもチョコレートのスフレがたくさんのこっています。

それを見わたしながら、クロエははじめて自分がまちがっていたことに気がつきました。

「でも、どこがまちがっているのかわからない……。どうしよう……」

クロエは二日後のことをかんがえると、にげだしたい気もちになるのでした。

7

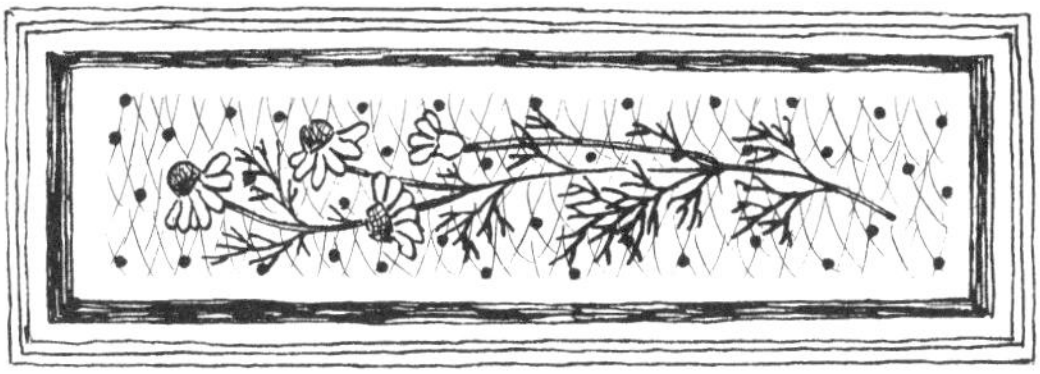

シークレット・ポーション社

　トパーズ荘《そう》に帰ると、ジャレットは冷《ひ》やしておいたハーブクッキーの生地をとりだします。今朝《けさ》、一番かおりの高い時間につんだハーブをつかってつくりました。

「生地《きじ》をつくっておいてよかったわ。きょうはクロエのクッキーが食べられなかったから、これを焼《や》いてお茶をいただきましょう」

　ジャレットは、よく冷えた生地をうすく切って、天板《てんばん》にならべていきました。すると、ハーブのいいかおりが、キッチンにひろがっていきます。

そしてオーブンで焼《や》きはじめたころ、だれかが庭《にわ》の木戸《きど》をあけてトパーズ荘《そう》にやってくる気配《けはい》を感《かん》じました。

ノックの音がひびいて、ドアをあけると、そこには大きなかばんをもったひとりの女性《じょせい》が立っていたのです。その女性は黒いとんがりぼうしをかぶり、この季節《きせつ》にしては暑《あつ》そうな黒いコートをはおっていました。

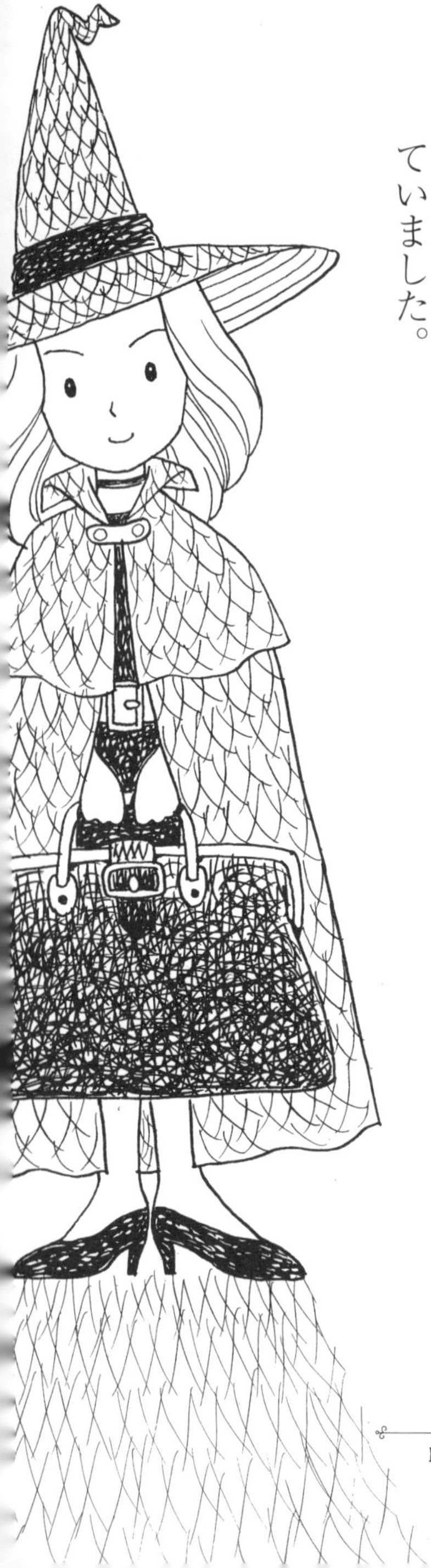

だれが見ても、魔女《まじょ》のファッションです。

「何かご用でしょうか？」

ジャレットがそうたずねると、女性《じょせい》はにっこりと笑《わら》いました。

「いいえ、ハーブ魔女トパーズ。わたしがご用をうかがいにまいったのです。わたしはファーミー。シークレット・ポーション社の魔女でございます」

「シークレット・ポーション社ですって!!」

ジャレットが思わず目を見はって声をあげると、ファーミーはにっこりとうなずきました。

「はい。もう何十年もわが社の薬《くすり》の材料《ざいりょう》のご注文《ちゅうもん》がなかったようですね。このたびは、またおよびいただいて、ありがとうございます。さて、どの材料がご入り用でございますか？」

そういって、ファーミーは大きなかばんをあけました。そこには、じょうごやてんびん、そして四個《こ》の大きなびんがならんでいました。びんには、あの小さな薬箱《くすりばこ》のびんとおなじラベルがはってあります。とまどっているジャレットの顔を見て、ファーミーはこうつづけました。

「しばらくぶりのご注文《ちゅうもん》ですから、心配《しんぱい》なさるのもむりもありませんね、ハーブ魔女《まじょ》トパーズ。でもご安心《あんしん》を！　シークレット・ポーション社の薬《くすり》の材料《ざいりょう》は、いまでも『最高《さいこう》』の品物《しなもの》ですよ。以前《いぜん》と変《か》わらず、身元《みもと》のたしかな魔女にしか薬の材料を売っておりません。ご注文のなかった何十年のあいだも、ずっとこうして魔女のお宅《たく》を訪問《ほうもん》して四種類《しゅるい》の材料だけを売ってまいりました」

そこまで話をきいたジャレットは、ひとこと、こういいます。

「せっかくですがファーミー。こちらからおよびしたおぼえはありません」

すると、ファーミーは首をかしげました。

「まちがいございませんわ。薬箱《くすりばこ》の南京錠《なんきんじょう》を、今朝《けさ》あけましたよね？」

ファーミーの話をきくうちに、ジャレットはいろいろなことがわかってきました。シークレット・ポーション社は、薬をつくる魔女《まじょ》の家に、四つの薬の材料《ざいりょう》が入った小さな薬箱をかしだすのです。そして、つかった分だけ代金《だいきん》を受《う》けとるのでした。そのときに、たりなくなった分を薬売り魔女がたしていくのです。箱《はこ》に南京錠がついているのは、高価《こうか》で、ききめが強い材料だから。そして、その錠《じょう》がかぎではずされると、シークレッ

ト・ポーション社に連絡《れんらく》がとどく魔法《まほう》がかかっているからです。錠《じょう》をはずすと、まるでよびだしブザーをおしたように、すぐに薬売《くすりう》りの魔女《まじょ》がやってくるというしくみでした。

トパーズ荘《そう》の薬箱《くすりばこ》は、今朝《けさ》から南京錠《なんきんじょう》をはずしたまま。それでファーミーがやってきたというわけなのです。

ファーミーがまちがえてやってきたわけではないことを知ると、ジャレットはこういいました。

「わたしはトパーズではありません、ファーミー。ハーブ魔女のトパーズは、ずいぶん前になくなりました。わたしはこの館《やかた》と庭《にわ》を相続《そうぞく》したジャレット。ふつうのニンゲンで、魔女でも

ないんです」

　するとファーミーはおどろきます。

「これほどりっぱで、手入れのいきとどいたハーブ園をおもちなのに、ただのニンゲンだなんてしんじられませんわ。それに……、このかおり……」

　そういって、目をつぶりました。ちょうどハーブクッキーが焼《や》きあがって、いいかおりがしてきたのです。

　それをきいて、ジャレットは

ファーミーにまだお茶を
だしていないことに気がつきました。
「まちがえてよびだしてしまってごめんなさい、
ファーミー。どうぞお茶をのんでいってくださいな」
もちろんファーミーは、よろこんでトパーズ荘《そう》のテーブルにつきました。そして、ジャレットの焼《や》いたハーブクッキーをひと口ほおばると、そのおいしさに目を見はります。ジャレットは、ティーカップにハーブティーをそそぎながら、こうたずねました。

「トパーズは、シークレット・ポーション社で、よく材料《ざいりょう》を買っていたのかしら?」

するとファーミーは、もう一まいハーブクッキーをつまみあげて、こういいました。

「残念《ざんねん》ですが、わたしはトパーズとは会ったことがありませんの。でも、会社には注文《ちゅうもん》の記録《きろく》がのこっています。それによると、トパーズはだんだんとシークレット・ポーション社の材料をつ

かわなくなっていった
ようですね。さいごに
は、薬箱《くすりばこ》を返《かえ》したいとい
う手紙をおくってきたそう
です」

そういって、古いふうとうを見
せてくれました。

ふうとうにかかれたあて名の文字は、
レシピブックの文字とそっくり。たし
かにトパーズがかいたものだとわかりま
す。それを見て、ジャレットはすぐにこういい
ました。

「ファーミー、その薬箱《くすりばこ》なら、ちょうど今朝《けさ》見つけたところよ。トパーズが返《かえ》したいといっていたのなら、いますぐお返しします」

けれど、ファーミーは首をよこにふりました。それどころか、こういったのです。

「わが社が売っている材料《ざいりょう》は四種類《しゅるい》。そのうち、たなの上段《じょうだん》の二種類はベテランの魔女《まじょ》が呪文《じゅもん》をとなえながら、つかうものです。けれど、下の段の二種類は、まだ未熟《みじゅく》な魔女でも呪文なしにおつかいいただけます。もちろん、ききめはベテラン魔女がつかったときにはおよびません。それでも、きっとニンゲンでもおつかいになれますわ、ジャレット」

そして、その二種類の材料でどんな薬がつくれるのか説明《せつめい》してくれたのです。「マンティコアのひげのチンキ」もそのひとつでした。

「シークレット・ポーションの社の『マンティコアのひげのチンキ』は、ほんとうのマンティコアのひげだけをつかってつくったチンキです。ほかの会社のチンキはみんなニセモノ。トラやライオンのひ

げをつかったり、ねこのひげをつかった
ものまで、でまわっていますからね。
そんなチンキには、なんのききめも
ございません」
それをきいた子ねこたちは、少し
気をわるくしました。でも、
ファーミーはそんなことには、
おかまいなしです。そして胸《むね》を
はると、こうつづけました。
「ほんものの『マンティコアのひげ
のチンキ』には、幸運《こううん》をよびよせる
魔法《まほう》の力がございます。商売《しょうばい》はんじょ

うや縁《えん》むすびのおまもりをつくるときにには、かかせない材料《ざいりょう》ですよ」

そういって、もう一まいクッキーを口にほうりこんで味《あじ》わったあと、ファーミーはにっこりと笑《わら》いました。

「おのぞみの分量《ぶんりょう》をおゆずりしますわ、ジャレット。ええ、一グラムからだってお売りできましてよ。安《やす》くはありませんけれど、きっとご満足《まんぞく》いただけますわ」

といいながら、ファーミーはもうかばんから、じょうごとはかりをとりだそうとしました。それを見て、ジャレットは、すっかりあわててしまいます。

「いいえ、ファーミー。『マンティコアのひげのチンキ』をほんとうにいただいていいものかどうか……。すぐにはきめられません」

ジャレットがそういったのにには、理由《りゆう》がありました。もし、かんがえなしに「マンティコアのひげのチンキ」で薬《くすり》をつくれば、薬をつかった人をほんとう以上《いじょう》によく見せたり、努力《どりょく》なしに成功《せいこう》させたりすることになってしまうからです。それはレシピブックに「やってはいけないこと」として、トパーズがかきのこしていることでした。それでも、ジャレットの心はゆらいでいます。

(これを買えば、ロークのための薬をちゃんとつくることができるわ)

そんなジャレットのようすと、クッキーがなくなってからっぽになったお皿《さら》を見くらべながら、ファーミーはこうたずねました。

「このクッキーは、つぎはいつ焼《や》きますの？　あさってあたり、またきてもいいのだけれど……」

そうきいて、ジャレットはすぐにこたえました。

「ちょうどあさって、また焼《や》く予定《よてい》です、ファーミー」

するとファーミーは、にっこりと笑《わら》います。

「では、あさってにまたまいりますわ、ジャレット。『マンティコアのひげのチンキ』を買うかどうか、そのときまでに、おかんがえください」

こうして、ファーミーは帰っていきました。

そのあと、ティーセットをかたづけはじめたジャレットは、テーブルの上にファーミーのわすれものを見つけます。

「まあ、これはさっき見たトパーズの手紙だわ」

レシピブックで見なれた文字が、古いふうとうにかかれています。

（あとで、中の手紙も読んでみましょう）

ジャレットはうれしそうに、手紙をポケットにしまいました。

8

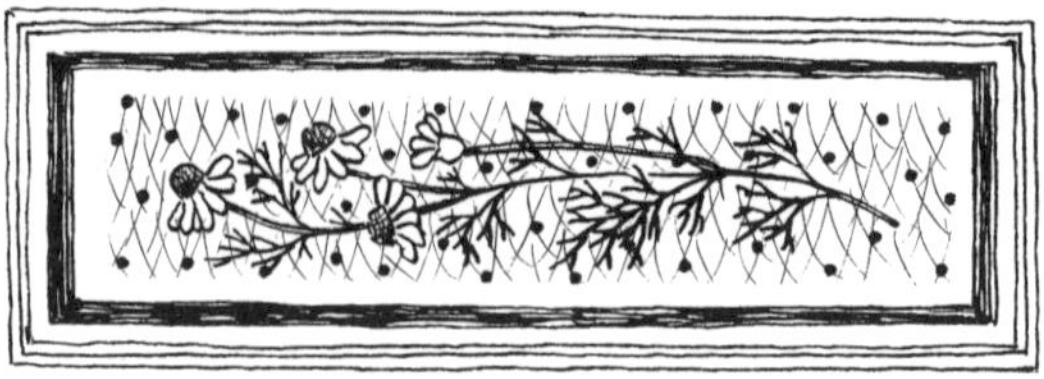

ローク、もう一《いち》度《ど》やってくる

その夜のこと。

トパーズ荘《そう》に、元気のないノックの音がひびきました。

キツネのロークが、またたずねてきたのです。

その肩《かた》はすっかり落《お》ちて、うつむくばかり。今朝《けさ》とはまるでちがっています。

「ジャレットさん、このスプレーを毛皮《けがわ》にふきつけて、いろいろなところにいってみました。でも、なんのききめもありません」

なきだしそうなロークを、ジャレットはトパーズ荘《そう》にまねき入れました。そして、リンデンフラワーのお茶をカップにそそぎます。リンデンフラワーには、はりつめた気もちをリラックスさせるききめがあるからです。

けれど、ハーブティーをのんでも、ロークはいっこうに元気をとりもどすようすがありませんでした。そして、さびしそうにこういったのです。

「夏至《げし》祭《まつ》りはもう三日後なのに……。また今年《ことし》もひとりぼっちで、お祭りにいくのかな……」

それでも、あきらめきれずに、ジャレットを見あげました。

「ジャレットさん、もう一度《いちど》だけ、べつの薬《くすり》をつくってもらえませんか？　あした、いいえ、あさってまでまちますから」
そういうと、ロークはジャレットの返事《へんじ》をまたずに席《せき》を立って、トパーズ荘《そう》のとびらをあけました。
「では、ジャレットさん。あさってまた薬をとりにきます」
困《こま》った顔でロークを見おくるジャレットの前に、しげみから一ぴきのキツネが顔をだしました。そのキツネは、森へ帰っていくロークのすがたをいつまでも心配《しんぱい》そうに見ています。

「あなたは、ロークのお友だちなの？」

ジャレットがそう声をかけると、キツネはとびあがらんばかりにおどろきました。自分では、じょうずにかくれていたつもりだったのでしょう。

「かってにお庭《にわ》におじゃまして、ごめんなさい！」

ひとことそういうと、キツネはころげるようにはしりだしました。そして、いちもくさんに森へと帰っていってしまったのです。

ロークにべつの薬《くすり》をたのまれたものの、ジャレットにはあたらしい薬のアイデアがうかびません。

いっそファーミーから「マンティコアのひげのチンキ」を買ってしまおうか……、

そうかんがえたときでした。

子ねこたちがテーブルにとびのって、こうたずねたのです。

「ねえ、ジャレット。トパーズは、どうしてあの薬箱《くすりばこ》の材料《ざいりょう》を買うのをやめたのかな」

「値段《ねだん》がすごく高かったのかな、ジャレット」

「ききめがなかったのかな、ジャレット」

「それとも、ききすぎたのかしら？　ジャレット」

そうきくと、ジャレットも気になってきました。

そこで、ポケットからトパーズの手紙をとりだします。

「この手紙にその理由《りゆう》がかいてあるかもしれないわ」

そして、ジャレットは手紙を読みはじめます。

シークレット・ポーション社さま

いままで長いあいだ、貴重《きちょう》な薬《くすり》の材料《ざいりょう》をとどけてくださってありがとう。

でもわたしはいま、自分の庭《にわ》のハーブがもつふしぎなききめに夢《む》中《ちゅう》です。魔法《まほう》の材料ほどのはやいききめはありませんが、時間をかければおなじようにきいてくるからです。最近《さいきん》では、けっきょくのところ、必要《ひつよう》なもの、大事《だいじ》なものは、すべてこの庭にそろっている、と思うようになりました。ですから、薬箱《くすりばこ》をお返《かえ》しします。

いつでもとりにきてください。

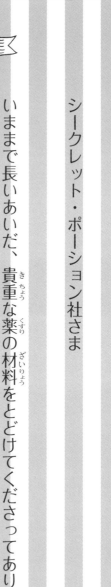

読みおえると、ジャレットはため息《いき》をつきました。

「これじゃあ、どうして買わなくなったのか、よくわからないわ。『けっきょくのところ、必要《ひつよう》なもの、大事《だいじ》なものは、すべてこの庭《にわ》にそろっている』って、どういうことかしら？　わたしには、とてもそうは思えないけれど。だって、この庭にマンティコアはいないんですもの」

「マンティコアのひげのチンキ」を買いさえすれば、ロークの薬《くすり》はすぐにでもつくれるのに……。

ジャレットは、とびらがひらいたままのシークレット・ポーション社の薬箱《くすりばこ》をじっと見つめました。

9

クロエのお薬《くすり》

つぎの日。まだ朝はやい時間だというのに、スーがトパーズ荘《そう》にやってきました。ここにくるとちゅうで会ったエイプリルもいっしょです。

「おはよう、スー、エイプリル。こんなに朝はやくからどうしたの？」

すると、スーは朝のあいさつもわすれて、こういいました。

「クロエのために、いそいで薬《くすり》をつくってほしいのよ、ジャレット」

それをきいて、ジャレットは目をまるくしました。

「まあ！　クロエは具合《ぐあい》がわるいの？　スー。それはたいへんだわ。あしたのディナーには、マロリーさんがくるっていうのに……」

するとスーも心配《しんぱい》そうにうなずきました。

「そうなのよ。でも、それが原因《げんいん》かもしれないわ。きのうのランチ会がうまくいかなかったでしょ？　だから、クロエはすっかり落《お》ちこんで、なやんでしまったのよ」

ジャレットとエイプリルは、おためしランチ会のメニューを思いだして、困《こま》った顔をしました。そのようすを見て、スーは大きなため息《いき》をつきます。

「ランチ会のメニューは、みんなにひょうばんがわるかったけれど、あのメニューをかんがえるまでに、クロエはものすごい数のお料理《りょうり》

をつくったの。だから、もう一品《ぴん》だって料理《りょうり》をつくりたくないんですって。きょうは家で休んでいるのよ」

それから、スーはジャレットの手をとりました。

「ねえ、ジャレット。クロエをすぐに元気にするお薬《くすり》をつくってちょうだい。ホテルでまっているから」

ジャレットは、もちろん注文《ちゅうもん》を引きうけます。

それからエイプリルと

スーの見おくりもそこそこに、すぐさまキッチンのおくへ入りました。

そしてレシピブックに、こう問《と》いかけたのです。

「やる気をなくしてしまったときのお薬《くすり》を教えて」

すると、レシピブックの宝石《ほうせき》がかがやいて、あたらしいレシピをジャレットに教えてくれました。

それは、ハーブティーやアロマバスのレシピ。

どれも、落《お》ちこんだ気もちを立てなおしてくれるレシピばかりです。

「よくききそうなレシピだけど、すぐにききめがでるかしら？　きょう中にクロエの気もちが元気にならないと、間に合わないわ」

そうかんがえると、このレシピでは役《やく》に立たない気がします。

（いますぐきく薬《くすり》をつくるなら、シークレット・ポーション社の魔《ま》法薬《ほうやく》の材料《ざいりょう》みたいなものが必要《ひつよう》よ）

と、そんな気もちがわきあがってきたときのこと。レシピブックのページの一番下に、こうかいてあるのが目に入ったのです。

「一点を思いつめて、体がうごかなくなってしまったときには、関《かん》係《けい》のないことをして気分てんかんするのもよい。思いつめていることとまるで逆《ぎゃく》のことをしてみるのも効果《こうか》がある」

ジャレットはレシピブックから顔をあげてかんがえこみました。

「まるで逆《ぎゃく》のこと……。クロエの場合、料理《りょうり》をつくるのとは逆のことよね。お料理といえば……」

と、ここまでかんがえると、ジャレットはハッと目を見ひらいて、キッチンからかけだしました。そうして、魔法《まほう》の庭《にわ》からでようとしていたスーとエイプリルをよびとめたのです。

「スー！　エイプリル！　きょうの午後、この庭でアフタヌーンティーをしましょうよ」

おどろいて顔を見あわせるふたりに、ジャレットはつづけます。

「いまのクロエには、気分てんかんが必要《ひつよう》なのよ。だれかのためにお料理《りょうり》をつくりすぎて、つかれちゃったんだわ。だからきょうは、わたしたちがクロエのためにお料理して、クロエに食べてもらいましょ。元気な気分になれるハーブをたくさんつかって！」

すると、ふたりの顔がぱっとかがや
きます。
「なんだか、ききめがありそう
ね」
「それに、すごく楽しそう！」
ところが、スーはすぐに心配《しんぱい》そうな
顔になりました。
「でも、
お料理《りょうり》の材料《ざいりょう》はどうするの？
ジャレット。おいしいお料理には
とくべつな材料がいるでしょ？
注文《ちゅうもん》してもってきてもらうには、

間に合わないわ……。やっぱりむりよ」

それでも、ジャレットの気もちは変《か》わりません。

「だいじょうぶよ、スー。アフタヌーンティーですもの。ここにある材料《ざいりょう》で十分だわ。パンもきゅうりも、たまごもあるし。バターも小麦粉《こむぎこ》もクロデットクリームも、村のファーマーズマーケットで買ったばかりよ。それに、ハーブなら魔法《まほう》の庭《にわ》には何だってそろっているわ！」

そのことばに、スーとエイプリ

ルもたちまち元気をとりもどします。
「それじゃあ、はじめにクロエに招待状《しょうたいじょう》をわたさなくちゃ」
三人は、きれいなカードにクロエの名前をかいて、かんたんな招待状をつくりました。かきあがると、スーがそれをもってクロエの家に向《む》かいます。そのあいだ、ジャレットとエイプリルはトパーズ荘《そう》でメニューをかんがえはじめました。
「サンドイッチと、
スコーンと、
あまいお菓子《かし》。
それさえ
そろえれば、
アフタ

ヌーンティーのおもてなしになるわよね、ジャレット」

エイプリルは、指《ゆび》を三本おりながらそういいました。

「その全部《ぜんぶ》に、いろいろなハーブをつかいましょうよ、エイプリル。いいかおりがしておいしくなるし、見ためもきれいだわ」

それをきいて、エイプリルもうれしそうにうなずきます。

「クロエはこういっていたわよね。お料理《りょうり》には『味《あじ》』『かおり』『見ため』の三つがそろっているのが大切《たいせつ》だって。ハーブのお料理なら、すぐに三つそろいそうだわ！」

それからふたりは、手わけをして準備《じゅんび》をはじめることにしました。

エイプリルは、トパーズ荘《そう》の食器《しょっき》だなからクロエのすきそうなティーセットを選《えら》んで、食器を準備します。

そのあいだに、

ジャレットはお料理《りょうり》につかうハーブを調《しら》べるのです。ジャレットは、レシピブックにハーブを

つかったお料理《りょうり》のことをいくつかたずねました。

しばらくすると、スーもトパーズ荘《そう》へもどってきます。

クロエはしぶっていましたが、さいごには招待状《しょうたいじょう》を受《う》けとってくれたそうです。

アフタヌーンティーのスタートはもちろん三時。

それまでに間に合うように、三人はくるくると準備《じゅんび》を進《すす》めました。

10

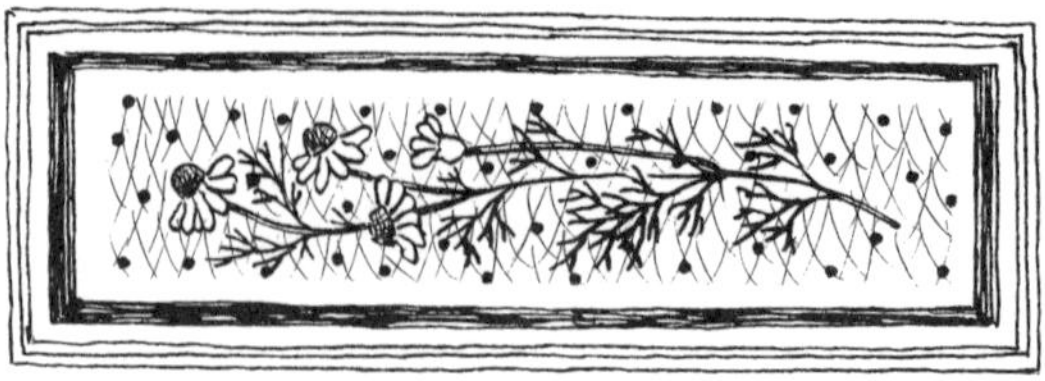

ハーブのアフタヌーンティー

そうして、三時になるころ。

「ようこそ！」とかいたカードをナプキンの上にのせると、準備《じゅんび》はすっかりととのいます。

そのとき、魔法《まほう》の庭《にわ》の木戸《きど》のむこうに、クロエのすがたが見えました。

元気のないようすのクロエも、三人の笑顔《えがお》に、思わずほほえみます。

「いらっしゃいませ、クロエ！」

三人は木戸をあけると、クロエ

の手を引いてテーブルに案内《あんない》しました。

テーブルはすずしい木《こ》かげに用意《ようい》してあります。

「まあ、かわいい」

クロエは思わず、そういいました。

エイプリルが選《えら》んだ食器《しょっき》やティーセットが、明るい庭《にわ》によく映《は》えていたからです。

それから、いよいよスーが三段《だん》がさねになったアフタヌーンティーのお皿《さら》をはこんできました。お皿の上には、サンドイッチ、スコーン、そしてあまいお菓子《かし》がならんでいます。そのできばえに、クロエは少しおどろきました。けれど、ほんとうにおどろいたのは、それを口にはこんでからです。

「いいかおり……。これはバジルね」

サンドイッチを食べたクロエはうっとりとジャレットにいいました。

「そうよ、クロエ。今朝《けさ》、一番かおりの強いときにつんだばかりのバジル。バジルは心のつかれをとって、元気にしてくれるの。それにおいしいわ！」

　バジルだけでなく、サンドイッチには、はさんだ材料《ざいりょう》に合わせていろいろなハーブをつかいました。ディルやパセリ、チャービルもおいしさを引きたてています。

　すると今度《こんど》は、スーがハーブティーをカップにそそぎました。
「レモンバーベナのフレッシュティーはいかが？　ついさっき、魔《ま》

法《ほう》の庭《にわ》でつんだばかりの葉《は》っぱよ。

レモンバーベナは、くよくよした気もちをふきとばしてくれるわ」

カップから、さわやかなかおりが立ちのぼると、クロエは思わず深呼吸《しんこきゅう》します。そして、目の前にならんだハーブのかおりいっぱいのお菓子《かし》やスコーンをにっこりと見わたしました。

スコーンには、さわやかなかおりのローズマリーの枝《えだ》をさしこんで焼《や》きあげてあります。もちろん

あまいお菓子《かし》も、ハーブのかおりでいっぱいです。バラのかおりのパンナコッタ、桃《もも》とローズマリーのタルト。そしていろいろなハーブがたっぷり入ったパウンドケーキもありました。これは魔法《まほう》の庭《にわ》のつみたてのミント、ゼラニウム、マジョラムやパイナップルセージをリキュールでマリネして、パウンドケーキの生地《きじ》にまぜて焼《や》きあげてあります。

こうして、のむほどに、食べるほどに、青白かったクロエのほほは、ピンク色へと変《か》わっていったのです。

三段《だん》のお皿《さら》がからっぽになるころ、魔法《まほう》の庭《にわ》はハーブのかおりたつ時間をむかえていました。クロエはそのかおりを思いきりすいこみます。

「ありがとう、みんな。こんなにいいかおりのアフタヌーンティーははじめてよ。それも全部《ぜんぶ》この庭のハーブだなんて。ほんとうにここは『魔法の庭』なのね」

それから、ジャレットに、こうたずねました。

「この庭には、キッチンガーデンもあるんで

しょ？　ジャレット」
「もちろんよ、クロエ。小さいガーデンだけれど、案内《あんない》するわ」
キッチンガーデンとは、食事《しょくじ》につかう植物《しょくぶつ》だけを植《う》えた庭《にわ》のこと。お料理《りょうり》をしながらとりにいけるとべんりなので、たいていキッチンのそばにつくられています。ジャレットがクロエを案内したのも、キッチンのドアのすぐ前でした。魔法《まほう》の庭には、あちこちにお料理につかえるハーブが植えられています。

KITCHEN GARDEN
バジル
ミント
セージ
ローズマリー
タイム
カモミ ル
ナスタチウム

ジャレットは、それをそれぞれほんの少しずつ、ここへ植《う》えかえて、自分のためのキッチンガーデンをつくったのです。

クロエがのぞきこむと、どのハーブもピンと葉《は》をひろげ、生き生きとしているのがわかりました。

ローズマリーの葉に少しふれると、それだけでさわやかなかおりが立ちのぼります。そのかおりをすいこんでから、クロエはゆっくりと長く息《いき》をはきだしました。すると、自分の心にかかっていたもやが、息といっしょにでていく気がしたのです。

「わたしはかんちがいしていたみたいだわ、ジャレット。地球《ちきゅう》の裏《うら》側《がわ》からめずらしい高価《こうか》な食材《しょくざい》をとりよせれば、それだけですばらしい料理《りょうり》がつくれると思いこんでしまったの……。魔法《まほう》のようにね。でも、ほんとうに必要《ひつよう》だったのは、キッチンのドアの向《む》こうにあるいつも通りの材料《ざいりょう》だったんだわ」

そして、うれしそうにこうつづけました。

「自分がいったこともない場所《ばしょ》から、食べたこともないものをとりよせるより、いまの自分が知っていて、ほんとうにおいしいと思えるものをつかってつくるほうがずっといい」

ハーブもつみとる時間や、つかいかたを工夫《くふう》すれば、何倍《ばい》もおいしさとききめを引きだすことができることを、クロエは思いだしました。それがこんなふうに大切《たいせつ》に育《そだ》てられたハーブなら、なおさらです。たまごも小麦粉《こむぎこ》も、ミルクだっておなじでした。

クロエは、しっかりと背《せ》すじをのばすと、こういいました。

「わたし、マロニーさんに何を食べてもらうかきめたわ」

そして三人に手をふって、元気に帰っていったのです。

クロエを見おくった三人は、うれしそうに顔を見あわせました。

「このお薬《くすり》、とてもよくきいたみたいだわ、ジャレット」

「アフタヌーンティーがお薬だなんて、楽しいわね、ジャレット」

「ええ、ほんとうによかった」

ジャレットは、すがすがしい気もちでそういいました。

それに、このアフタヌーンティーがきいたのは、クロエだけではなかったようです。ジャレットの心の中からも、もやのように立ちこめた気もちが消《き》えていくのがわかりました。

ジャレットはクロエのことばを思いだして、そっとうなずきます。

(わたしのお薬にも、とくべつな材料《ざいりょう》はいらないわ。ほんとうに必《ひつ》要《よう》なものは、地球《ちきゅう》の裏側《うらがわ》じゃなく、キッチンのドアの向《む》こうにあるんですもの)

そうかんがえてから、ジャレットはハッとなります。

(トパーズが手紙にかいた『けっきょくのところ、必要《ひつよう》なもの、大《だい》事《じ》なものは、すべてこの庭《にわ》にそろっている』というのは、このことだったんだわ)

チルチルミチルがさがしまわった青い鳥を、さいごには自分の家で見つけたように、クロエもトパーズもそのことに気がついたのです。

そう思ったとき、ジャレットはロークからたのまれた薬《くすり》の注文《ちゅうもん》を思いだしていました。

11

自分のかぎ

つぎの日の朝。

ジャレットは庭《にわ》仕事《しごと》をおえると、ハーブクッキーを焼《や》きはじめました。それも、いつもよりたくさん、そしていろいろな種類《しゅるい》をつくっています。

「どうしてそんなにたくさん焼くのさ、ジャレット」

バターが焼けるいいかおりにつられてやってきたニップが、ふしぎそうにたずねました。

「これをすきな人がくるからよ、

ニップ」

そのことばをきいていたかのように、木戸《きど》をあける気配《けはい》がして、ファーミーがやってきたのです。

「いらっしゃい、ファーミー。まっていたわ」

「ありがとう、ジャレット。それにしても、いいかおりだこと……」

今度《こんど》はすぐにいすをすすめ、ハーブティーをそそぎました。

「クッキーをたくさん焼《や》きましたから、どうぞおみやげにもおもちくださいな、ファーミー。ほんのおわびです」

おわびときいて、ファーミーは残念《ざんねん》そうにため息《いき》をつきました。

けれどすぐに、笑顔《えがお》をとりもどします。

「では、『マンティコアのひげのチンキ』は買わないのですね？」

そうだと思っていました。だって、こんなにおいしいハーブクッキーを魔法《まほう》なしにつくれるんですもの。育《そだ》て方《かた》も、つみごろも、つかい方も、あなたはもう全部《ぜんぶ》知っている。それなら魔法なんて必要《ひつよう》ありません。さすがハーブ魔女《まじょ》トパーズが見こんだあとつぎですわ」

ファーミーのほめ方はぶっきらぼうな調子《ちょうし》でしたが、ジャレットの心をぽっとあたたかくしてくれました。

「ありがとう、ファーミー」

ジャレットはそういうと、あらためて薬箱《くすりばこ》をさしだしました。もって帰ってもらうときめたのです。けれど、ファーミーはまた首をよこにふり、ジャレットをじっと見つめました。

「いいえ、ジャレット。その薬箱《くすりばこ》はトパーズ荘《そう》においてあったほうがよいでしょう。だって、あなたが『マンティコアのひげのチンキ』をつかわない理由《りゆう》は、『手に入らないから』じゃなくて、『自分でつかわないときめたから』なのですから」

それをきいても、ピンとこないようすのジャレットの目の前で、ファーミーはあたらしい南京錠《なんきんじょう》のかけがねを薬箱のとびらに通してぶらさげました。

そして、ジャレットに見おぼえのあるものを見せます。

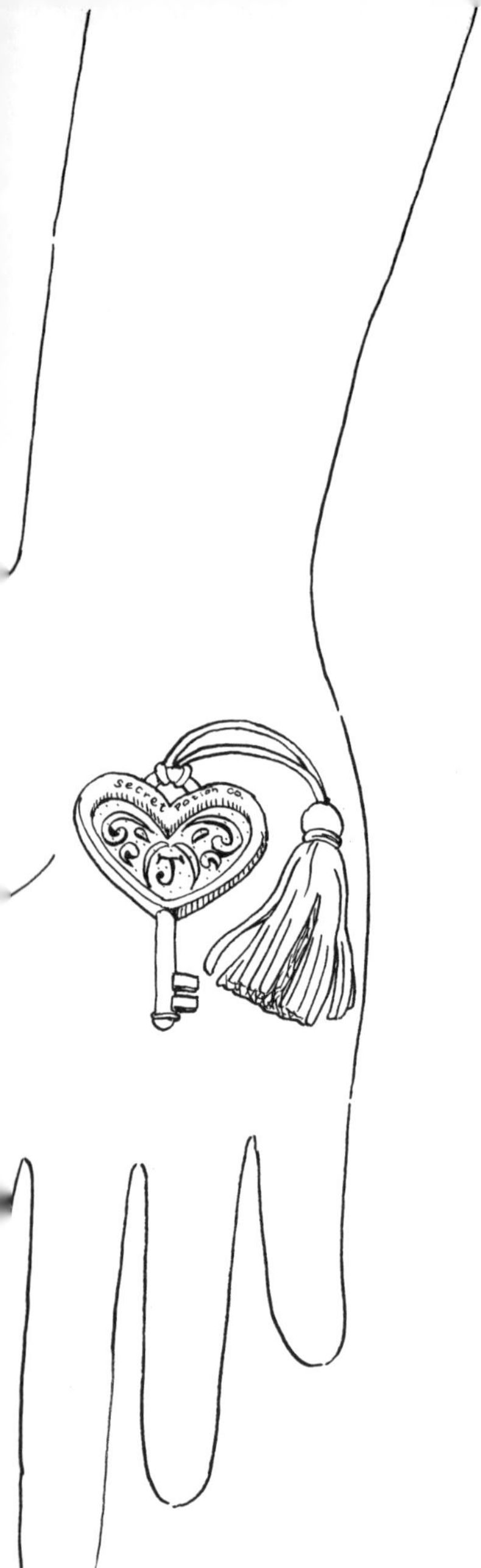

「さあ、ジャレット。これがあなたのかぎですよ」

見ると、それはあたらしいけれど、アンが屋根裏部屋《やねうらべや》で見つけてきたのとおなじかぎでした。ただひとつちがっていたのは、T《ティー》のかわりにJ《ジェイ》とほってあったことです。

「何をやるか何をやらないかは、ご自分でおきめなさいな、ジャレット。それは、あなたが何を一番大切《たいせつ》にするかをきめるのと、おなじことなのですから」

そして、ジャレットをじっと見つめると、こうつづけました。

「だから、やらないことに錠《じょう》をかけるのも自分でやらなくちゃ。薬《くす》箱《ばこ》を返《かえ》してしまうのはかんたんだけれど、あなたの決意《けつい》がホンモノなら、薬箱にかぎをかけるだけでよいはずですよ。そして、かぎをどこか、さがしづらい場所《ばしょ》にしまってしまえばいいの」

そうきいて、ジャレットはトパーズが屋根裏《やねうら》にかぎをおいた理由《りゆう》が、やっとわかりました。

そんなジャレットのてのひらに、ファーミーは、そっとあたらしいかぎをのせます。

「このあたらしい南京錠《なんきんじょう》は、もうトパーズのかぎではあけることも、しめることもできません。いまはあなたの薬箱なのですから、ジャ

レット」

それからファーミーは、さいごにウインクをしてこういいました。

「それにね、ジャレット。もしかしたら、いつかシークレット・ポーション社の材料《ざいりょう》が必要《ひつよう》になるときがくるかもしれません。そのときには、このかぎをあけて、わたしをよんでくださいな。このファーミーがいつなりと、かけつけることをおわすれなく」

それをきいて、ジャレットはクスッと笑《わら》いました。

「いろいろありがとう、ファーミー」

「どういたしまして、ジャレット。『マンティコアのひげのチンキ』は買ってもらえなくても、トパーズ荘《そう》へきたかいはありましたから」

そういって、ファーミーは焼《や》きあがったクッキーを一まいのこらずもって帰っていきました。

12

しあわせはここに

　ファーミーを見おくるジャレットを、子ねこたちは心配《しんぱい》そうに見あげました。

「『マンティコアのひげのチンキ』を買わなくて、ほんとうにだいじょうぶ？　ジャレット」

「ロークのお薬《くすり》の分だけでも買えばよかったのに、ジャレット」

　すると、ジャレットはにっこりと笑《わら》いました。

「必要《ひつよう》ないわ、子ねこたち。だって、ロークにはもう運命《うんめい》の女の子がいるんですもの。しかも、とっても近くに」

すると、ベルがひげをピンと立てました。

「わかったわ、ジャレット！　運命《うんめい》の女の子って、いつもロークのことをこっそりと、心配《しんぱい》そうに見ていたあのキツネさんね」

それをきいて、今度《こんど》はアンがいいました。

「それなら、ロークに必要《ひつよう》なのは、それを気づかせる薬《くすり》だわ、ジャレット」

「その通りよ、子ねこたち。

さっそくそれをつくりましょう」

そして、レシピブックにこうたずねます。

「自分の身近《みぢか》にいる人のやさしさに気づけるような、そんなききめ

のお薬《くすり》がつくりたいの」

するとレシピブックの宝石《ほうせき》の中に、少しかんがえこむようなゆらりとした光があらわれて、しばらくすると明るくかがやきました。

レシピが読めるようになったしるしです。

あたらしいページには、いくつかのリラックスのためのレシピと、満足《まんぞく》な気もちにさせてくれるレシピがかいてありました。その中には、バラのかおりのローズティーや、カモミールティーのレシピもあります。それを見て、ジャレットは首をかしげました。

「まわりの人のやさしさに気づくのに、どうしてリラックスしたり、満足したりすることが必要《ひつよう》なのかしら？」

そしてレシピブックのページをもう一まいめくります。すると、レシピのさいごに、こんなアドバイスがかいてあったのです。

「リラックスして、しあわせな気もちになると、ゆるせなかったこともゆるせたり、自分がみんなに大事《だいじ》にされていると気づけるもの。思いつめたり、イライラした気分をとりのぞくと効果的《こうかてき》ってかいてあるわ」

そこで、ジャレットは、ロークにバラのかおりのお茶をごちそうすることにしました。

バラはしあわせや満足《まんぞく》を感《かん》じるかおりの代表《だいひょう》だからです。

そして、リラックスするききめのある

カモミールを
つかって、得意《とくい》のハーブ
クッキーも焼《や》くことにしました。
こうして、ロークがやってきた
夕方には、またキッチンにハーブクッキーの
焼きあがる、こうばしいかおりが満《み》ちていたのです。
ロークはトパーズ荘《そう》にまねき入れられた瞬間《しゅんかん》に、
こういいました。
「わあ、いいかおりですね、ジャレットさん」
うっとりとするロークにいすをすすめ、カップにバラの
お茶をそそぐと、ジャレットはこういいました。

「あなたのお薬《くすり》はこれよ、ローク。このお茶と、それからクッキーをめしあがれ」

そうきいて、ロークはおどろきました。

「お茶とクッキーが薬だなんて……」

と、しんじられないようすです。けれどクッキーをひと口ほおばると、そのおいしさに、たちまち夢中《むちゅう》になりました。そして、このすてきなお茶のおさそいを楽しもうときめたのです。

バラのお茶の湯気《ゆげ》が、ロークの毛皮《けがわ》をやさしくつつみこむのがわかりました。そして、バターとカモミールのクッキーは、落《お》ちこんだ気もちのままではいられないほど、おいしくて、いいかおりがします。

「お茶もクッキーも、ほんとうにおいしいなあ」

Tea Time

そういって、ロークはいままで見せたことのない笑《え》顔《がお》をジャレットに見せてくれました。

「ねえ、ローク。お茶をのみおわったら、おいらたちとあそんでよ」

子ねこたちにせがまれると、ロークはよろこんでいっしょにあそびはじめました。

そうしているうちに、ロークの思いつめた顔も、いつしかやさしげにかわっていったのです。

帰りがけに、ロークは

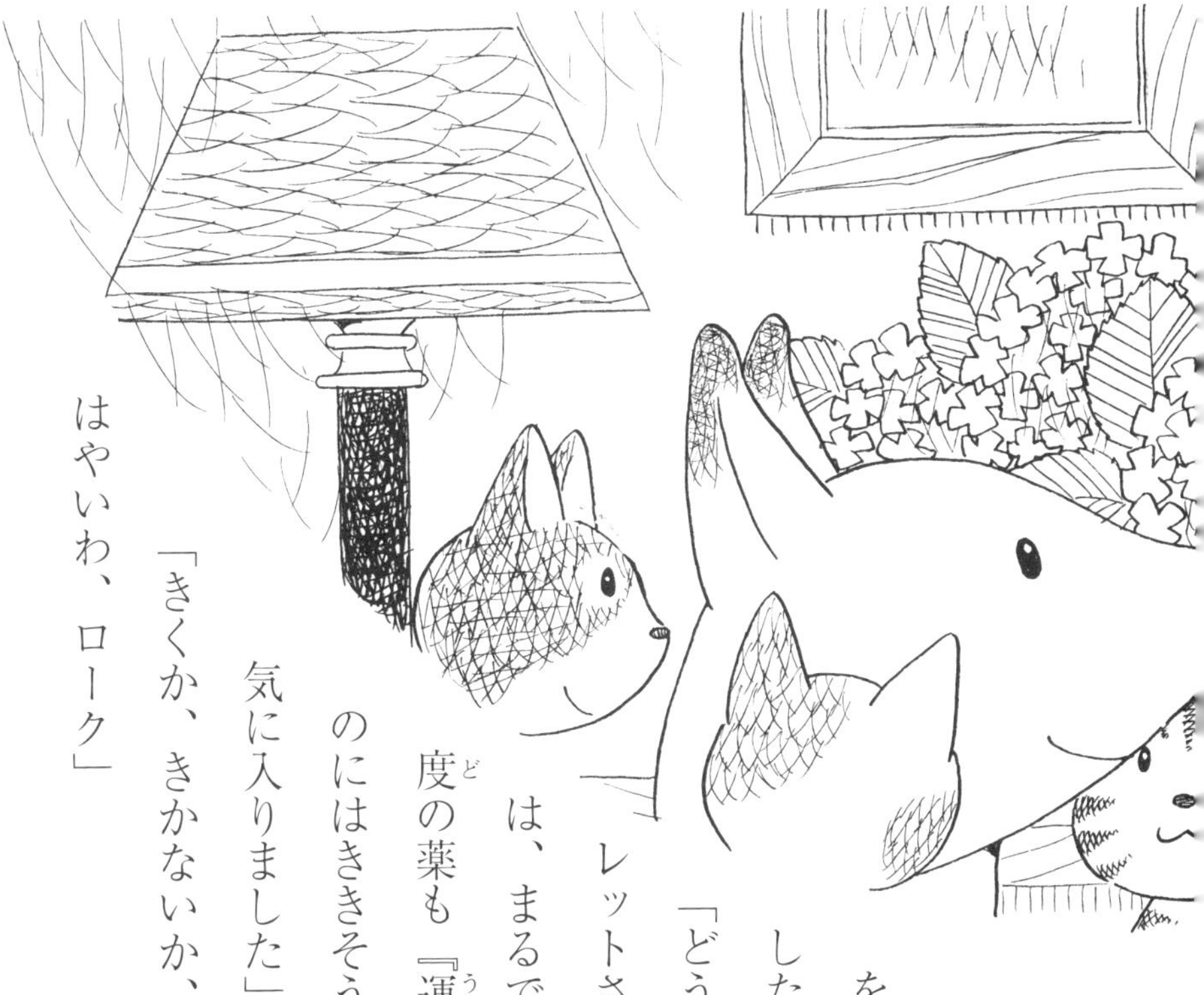

バラのハーブティーとカモミールのクッキーをお薬《くすり》として受《う》けとりました。

「どうもありがとう、ジャレットさん。ここにきたときとは、まるでちがう気もちです。今《こん》度《ど》の薬も『運命《うんめい》の女の子に出会う』のにはききそうもないけれど、とても気に入りました」

「きくか、きかないか、それをきめるのはまだはやいわ、ローク」

ジャレットにそんなことばで見おくられ、ロークは森に帰っていきました。森に入って、しばらくしたときのこと。いきなり目の前に、一ぴきのキツネがとびだしてきたのです。

「やあ、モイラじゃないか。こんばんは」

ロークがそう話しかけたのは、小さなころから仲《なか》よしだったキツネの女の子モイラでした。

モイラはなきだしそうな顔でロークを見つめると、思いきってこう

たずねたのです。
「ローク、どこか
体の調子《ちょうし》がわるいの？　毎日村の
薬屋《くすりや》さんへでかけていってるでしょ？　どうして相談《そうだん》して
くれないの？　わたしとても心配《しんぱい》で……」
　そういったきり、モイラはしくしくとなきはじめてしまいます。
その前に立って、ロークは何かに気づいたように目を見ひらくと、
そのほっぺがだんだんと赤くなっていったのでした。

ちょうどそのころ、「ビーハイブ・レストラン」のいすには、マロリーさんがすわっていました。いよいよ、大切《たいせつ》なディナーがはじまるのです。

クロエはきのう、魔法《まほう》の庭《にわ》をでて、レストランのキッチンにもどりました。そのあと、世界中《せかいじゅう》からとりよせたいろいろな材料《ざいりょう》やスパイスを全部箱《ぜんぶはこ》に入れて、冷蔵庫《れいぞうこ》や倉庫《そうこ》のたなにしまってしまったのです。かわりに調理台《ちょうりだい》においたのは、つくりたてのバターや、ひいてもらったばかりの小麦粉《こむぎこ》。産《う》みたてのたまごにホテルの庭で育《そだ》てているハチのハチミツなどなど……。それはいつもつかっている、おなじみの材料でした。それから、ジャレットの魔法の庭からついさっきわけてもらったばかりのハーブもかごにひと盛《も》りあります。

「さあ、いまからなら、まだ間に合うわ」

クロエは、きゅっとエプロンをしめました。そして、パテ・ド・カンパーニュの下ごしらえをはじめたのです。

そのようすは、魔法《まほう》の庭《にわ》のアフタヌーンティーにやってきたときとは、まるでちがっています。クロエは楽しくてしかたがないといったようすで、お料理《りょうり》をつづけました。

そして、つぎの日をむかえ、こうしてマロリーさんをむかえたいまも、にっこりとほほえんでいたのです。

マロリーさんのディナーは、もちろんパテ・ド・カンパーニュからはじまりました。初夏《しょか》のハーブとスパイスがかおる、いなか風の前菜《ぜんさい》です。豪華《ごうか》に盛《も》りつけてあるわけでも、めずらしい食材《しょくざい》がそえられているわけでもありません。それでも、ハーブのすばらしいかおりと、心のこもったひと切れのパテが、マロニーさんの食欲《しょくよく》をかきたてました。ひと口ほおばると、口のはしがしぜんと引きあがっていくのをとめられません。そして、小さな声でこうひとりごとをいったのです。

「これは……、うわさ通りの味《あじ》だこと。今夜はしあわせになれそうだわ」

13

ふたつのかぎ

つぎの朝。
魔法《まほう》の庭《にわ》は夏至《げし》の日をむかえました。

ジャレットが庭の手入れをしようとトパーズ荘《そう》のドアをあけると、朝もやにつつまれた魔法の庭のまん中に、キツネが二ひき立っているのが見えました。一ぴきはもちろんロークです。その手は、となりに立つ女の子モイラの手をしっかりとにぎっていました。

「とうとう運命《うんめい》の女の子を見つけ

たのね？」

そうたずねると、ロークはてれくさそうにうなずきました。

「よくきく薬《くすり》をありがとう、ジャレットさん！　もうさがしものをしに、遠くまででかけるのはやめます。まずは近くをよーくさがしてみなくちゃ」

そういってモイラを見つめると、モイラもロークを見つめました。

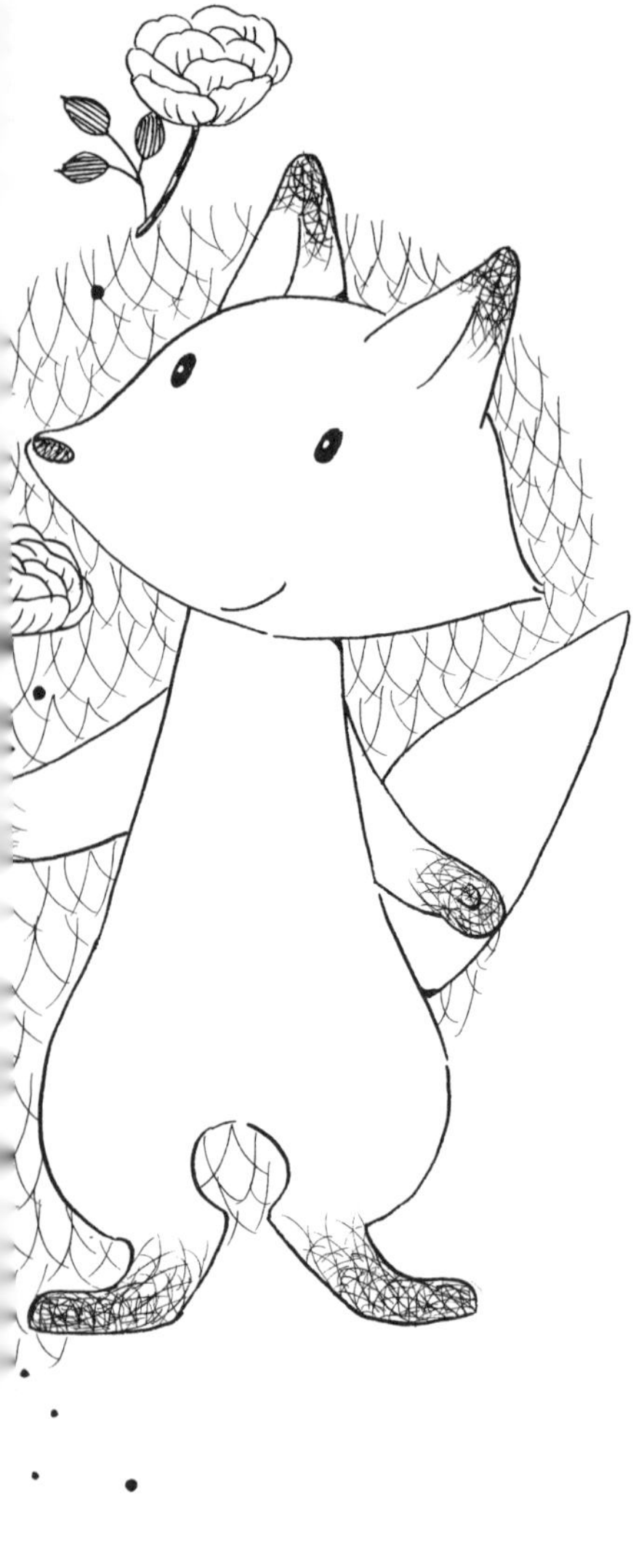

「ぼくたち、これからいっしょに夏至《げし》祭《まつ》りにいくんです」

二ひきはぺこりとおじぎをすると、森へかけていきました。

そのしあわせそうなようすを見て、ジャレットの心はポッとあたたかくなるのでした。

その日、しあわせそうな顔で魔法《まほう》の庭《にわ》をたずねたのは、ロークだけではありません。クロエもやってきたのです。そのはればれとし

たようすを見れば、きのうのディナーが大成功《だいせいこう》だったことはすぐにわかりました。

「おめでとう、クロエ！」

ジャレットがそういうと、クロエはバスケットからおみやげをとりだしてわたしました。あのパテ・ド・カンパーニュです。

「これはわけてもらったハーブのお礼《れい》よ、ジャレット。はげましてくれてありがとう。

それに、よくきくアフタヌーンティーのお薬《くすり》も」

「きょうもお茶をいれるわ、クロエ」

そしてトパーズ荘《そう》へと歩きながら、ふたりはこんな話をしました。

「ねえ、ジャレット。きのうのディナーでわたしが一番うれしかったことは何だかわかる？　それはね、マロリーさんがさいごに『しあわせな時間をありがとう』って、いってくれたことよ。それで、わたしは思いだしたのよ。どうして料理《りょうり》人《にん》になろうと思ったのかを」

そのこたえをきこうと、目をかがやかせるジャレットに、クロエはこうつづけます。

「わたしが料理人《りょうりにん》になったのは、自分でつくった料理《りょうり》で、だれかをしあわせにしたかったからよ。これからも、レストランにくるみんなを、きっとしあわせにしてみせるわ。高級《こうきゅう》な食材《しょくざい》でしあわせにするんじゃないのよ。もうそれはつかわない。わたしのやり方でやるわ。これは自分との約束《やくそく》よ」

「すてきな約束ね。クロエなら、きっとできるわ」

大切《たいせつ》なことのために、何をしないかをきめたロークとクロエ。

(わたしもシークレット・ポーション社の薬箱《くすりばこ》に、今夜《こんや》きっとかぎをかけよう)

ジャレットも、自分でそうきめたのです。

そして、その夜。ジャレットはシークレット・ポーション社の薬《くすり》箱《ばこ》をテーブルにおきました。ファーミーがとびらの金具《かなぐ》に通した錠《じょう》のかけがねが、まだそのままになっています。

ジャレットはハート型《がた》の南京錠《なんきんじょう》のかけがねをグッとおしこみました。カチッという気もちのいい音がして、薬箱のとびらは、あかなくなりました。

「この薬箱は、トパーズがおいた場所《ばしょ》にもどしましょう、子ねこたち」

ジャレットは薬箱《くすりばこ》を
とりだしたとき
とおなじよう
に、いすの上に
のって、たなのおく
に薬箱をしまいました。

それから、子ねこたちにその
かぎをわたして、こういいます。
「子ねこたちにお願《ねが》いがあるの。このかぎを
屋根裏《やねうら》のおくにもっていってちょうだい。
かんたんにはとりにいけない場所《ばしょ》に
おいてきてほしいのよ」

「おやすいご用だよ、ジャレット」

「おいらたちにまかせてよ、ジャレット」

すると、アンがジャレットの前に
きて見あげました。

「それなら、この首輪《くびわ》のかぎも、
いっしょに屋根裏《やねうら》においてきていいかしら？　ジャレット」

「まあ、もうあきちゃったの？　アン」

「ちがうわ。でも、トパーズがおいたところにもどしたいの。

だって、トパーズがきめたことでしょ？」

それをきいて、ジャレットはうれしそうにうなずきました。

子ねこたちがかぎをもっていってしまうと、ジャレットは、クロエとおなじように、自分にこう約束《やくそく》をしました。

「わたしも自分でつくった薬《くすり》で、トパーズ荘《そう》にやってくるみんなをしあわせにするわ。この庭《にわ》の力をかりて、自分のきめたやり方で」

こうして、トパーズ荘の屋根裏《やねうら》に、ふたつのかぎが寄《よ》りそうようにおかれました。

ジャレットはいまでもときどき、このかぎのことを思いだしています。でも、そのたびにこう思うのです。

やっぱりかぎはいらないわ。
必要《ひつよう》なものも、大事《だいじ》なものも、いつだってちゃんと全部《ぜんぶ》ここにある。
この庭《にわ》に、そしてわたしの心の中に。

ジャレットのハーブレッスン

ジャレットのハーブクッキー

つくりはじめるまえに

バターをれいぞうこから
だして、やわらかくして
おきます。

こむぎこを
ふるって
おきます。

カモミールティーが
つぶ状《じょう》の場合《ばあい》は、
すりばちでこまかく
つぶしておきます。

カモミールの
ティーバッグの
中身《なかみ》をつかって
つくるハーブ
クッキーよ

ざいりょう
（約《やく》30まい分）

こむぎこ　180グラム
バター（無塩《むえん》）
120グラム
こなざとう　60グラム
たまごの「きみ」
1個《こ》分
カモミールティー
3グラム

つくりかた

1

バターをボウルに入れて、
あわだてきで、よくねります。
こなざとうと、たまごのきみを入れて、
白くなるまで、まぜあわせます。

2

1に、こむぎことカモミールティーを
まぜて、ヘラでさっくりとまぜます。

3

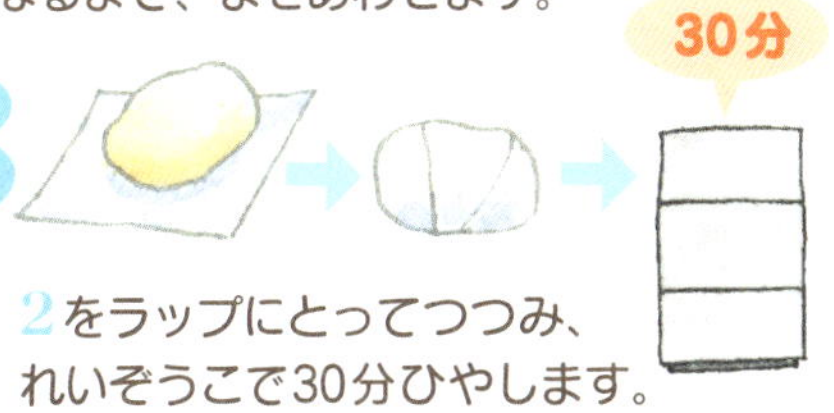

2をラップにとってつつみ、
れいぞうこで30分ひやします。

4

こむぎこ（分量外《ぶんりょうがい》）をすこししいて、
3をころがして、棒状《ぼうじょう》にします。

5

4をラップでつつんで、
れいとうこで30分ひやします。

6

5を5ミリのあつさに切って、
オーブンのトレーにクッキング
シートをしいて、2センチほど、
あいだをあけて、ならべます。

**6でナイフをつかうときと、
7でオーブンをつかうときは、
おとなの人といっしょにやりましょう。**

7

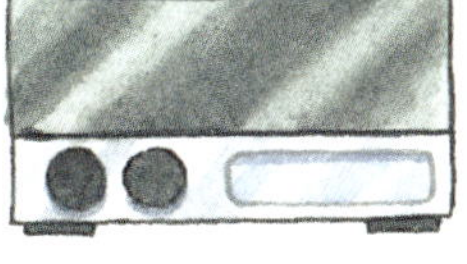

180度《ど》にあたためておいたオーブンに、
6のトレーを入れて15分ほどやけば、
できあがり！ ※何分でやきあがるかは、
オーブンによってちがいます。

作・絵　あんびるやすこ
群馬県生まれ。東海大学文学部日本文学科卒業。主な作品に、「ルルとララ」シリーズ、「なんでも魔女商会」シリーズ、「アンティークFUGA」シリーズ（以上岩崎書店）、『せかいいちおいしいレストラン』「こじまのもり」シリーズ（以上ひさかたチャイルド）『妖精の家具、おつくりします。』『妖精のぼうし、おゆずりします。』（以上PHP研究所）『まじょのまほうやさん』「魔法の庭ものがたり」シリーズ（以上ポプラ社）などがある。
公式ホームページ　www.ambiru-yasuko.com/

お手紙、おまちしています！　いただいたお手紙は作者におわたしします。
〒160-8565　東京都新宿区大京町22-1
（株）ポプラ社「魔法の庭ものがたり」係

「魔法の庭ものがたり」ホームページ　www.poplar.co.jp/mahounoniwa/

ポプラ物語館 77
ポプラ物語館 77

魔法の庭ものがたり 22
ハーブ魔女《まじょ》とふしぎなかぎ

2018年7月　第1刷
作・絵　あんびるやすこ
発行者・長谷川 均
編集・井出香代　斉藤尚美
デザイン・祝田ゆう子
フォーマットデザイン・宮本久美子（ポプラ社デザイン室）
発行所・株式会社ポプラ社
〒160-8565　東京都新宿区大京町22-1
電話（編集）03-3357-2216　（営業）03-3357-2212
ホームページ www.poplar.co.jp
印刷・製本　中央精版印刷株式会社

ISBN978-4-591-15885-2　N.D.C.913/151P/21cm　Printed in Japan

Beru
Chiko
Ramu